文春文庫

北風の用心棒

素浪人始末記（三）

小杉健治

JN138423

目次

北風の用心棒

素浪人始末記（三）

第一章　道場破り

一

北風が元鳥越町《もとどりごえまち》の万年長屋の路地に吹いてくる季節になった。流源九郎《ながれげんくろう》がこの長屋に住みだして四か月が過ぎた。

源九郎は二十九歳、色浅黒く、逆八文字の眉の下の鋭い切れ長の目にはどこか憂いのようなものが垣間《かいま》みえる。鼻筋が通り、引き締まった口元は意志の強さを窺わせた。

細身だが、胸板は厚く、肩の肉は盛り上がっている。

明六つ（午前六時）、飯が炊けて、釜からお櫃《ひつ》に移していると、納豆売りの三太《さんた》の声が聞こえてきた。

源九郎はたすき掛けをし、着物を尻端《しりはし》折《よ》りした恰好のまま路地に出た。

路地の真ん中で長屋のおかみさんたちが三太を囲んでいた。天秤棒の片側の桶に叩き納豆、もう片方には細かく切った野菜や豆腐。

先に納豆を買っていた大工の留吉《とめきち》のかみさんが、

「流さん、おはよう」

と、声をかけてきた。

「おはよう」

源九郎も挨拶を返し、

「こっちもひとつもらおうか」

と、三太に声をかける。三太は十四歳だ。

「へい、毎度」

三太が元気のよい声を出した。

「流さん、ゆうべもだいぶ呑んだようね」

かみさんが声をかける。

「面目ない。またしても、留吉さんと勘助《かんすけ》さんに面倒をかけてしまった」

源九郎は小さくなって言う。

酒好きで、仕事がない日はいつも近くの居酒屋『呑兵衛《のんべえ》』に昼間から入り浸っている。だが、酒は強くない。

　昨夜も夕方からちびりちびり呑み、最後はいつものように小上がりで寝てしまった。同じ長屋の留吉と勘助に介抱されて長屋に帰ってきた。

「へい、どうぞ」

三太が叩き納豆と野菜と豆腐を器にいれて寄越《よこ》す。

「おっかさんは具合はどうだ？」

銭を払って、源九郎はきいた。

三太の母親は臥せっていると聞いていた。

「へえ、なんとか」

三太は曖昧に答える。

ふと、三太の首筋の青い痣《あざ》が目に入り、

「その痣、どうしたんだ？」

と、源九郎はきいた。

「あら、ほんと。いったいどうしたのさ？」

留吉のかみさんも気づいてきいた。

「なんでもありません」

あわてて三太は痣を隠した。

「なんでもなくはない。わけをはなしてみろ」

源九郎は捨ててはおけないと思った。

「ちょっと喧嘩をして」

「喧嘩だと」

「ええ、隣の長屋の悪餓鬼《わるがき》とちょっと言い合いになって」

三太は目を伏せた。

その様子はどこかおかしい。

「こっちももらおうか」

とば口に住んでいる大道易者の牟田順斎《むたじゅんさい》が声をかけた。

「へい」

三太は新たにやってきた牟田順斎の相手をしたので、源九郎との話は中断した。

気にかかりながら、源九郎は住いに戻った。


つい四か月前まで飯を炊いたことはなかった。最初のころは留吉のかみさんからいろいろ教わったが、失敗も多かった。

「焦げ臭いわよ」

駆け込んできて、火加減を見てくれたことが何度かあった。

今は流源九郎と名を変えているが、実の名を松沼平八郎《まつぬまへいはちろう》といい、那須山藩《なすやま》飯野《いいの》家の家臣だった。

那須山藩の城下で、妻多岐《たき》と女中や下男と暮らしていた身だ。食事のときには給仕がつき、何の苦労もなかった。

だが今は、食事だけでなく洗濯など、身の回りのことは皆自分でやらねばならない境遇にあった。

飯のあと、器を洗い、一息ついていると、腰高障子《こしだかしょうじ》が開いて、

「ごめんなさいな」

と、四十半ばの細面で目尻のつり上がった男が土間に入ってきた。鼻が細くて高いのも印象的だ。

「おまえさんか」

源九郎は言う。金貸しの平蔵《へいぞう》だ。阿漕《あこぎ》な高利貸しである。

「お邪魔いたします」

ずかずかと入ってきて、上がり框《がまち》に勝手に腰を下ろした。

「こんな朝早くになんだ？　また、借金の取り立てに付き合えと言うのか」

源九郎はきいた。

以前、平蔵から金を借りて返済出来ずに利子が嵩《かさ》んだ若夫婦を助けるために、源九郎は直談判《じかだんぱん》に及んだ。

不当な利子の撤回と返済期限の大幅な延長を約束させたのだが、その代わりに条件を出された。

阿漕《あこぎ》な高利貸しの上をいく図太い借り主への取り立てだ。それが二件あって、無事に果たして若夫婦を助けた。

それから、阿漕な高利貸しの平蔵との付き合いが始まった。

「佐賀町《さがちょう》にある一刀流の大河原三蔵《おおがわらさんぞう》剣術道場を覚えていらっしゃいますか」

平蔵は煙草《たばこ》入れと煙管《キセル》を取り出した。

源九郎は煙草盆を平蔵の前に押しやった。

「もちろんだ。師範代の右田物兵衛《みぎたそうべえ》の借金の取り立てに行ったのだ」

右田物兵衛は立ち合って俺に勝ったら金を返すと言ったので、源九郎が弟子の見守る中で木剣で立ち合った。源九郎は相手を圧倒したところで、平蔵が右田に囁《ささや》いた。

お金を返していただけたら、負けて差し上げますと。

平蔵の合図で、源九郎は木剣を放り出して、参ったと叫んだ。師範代の右田惣兵衛の面目が保たれた。

「その右田さまに頼まれてやってきました」

平蔵が言う。

「なんだ、また俺と立ち合い、負けてくれとでも言うのか」

源九郎は呆れたようにきいた。

「じつは、嵐山虎五郎《あらしやまとらごろう》という道場荒らしが昨日やってきたそうです。嵐山虎五郎はかつて名だたる剣豪と立ち合って一度も負けたことがないと豪語し、江戸中の剣術道場を荒らし回っているという強者《つわもの》だとか」

「名前からして強そうだ」

源九郎は苦笑する。

「右田さまが、大河原先生が不在だからと追い返そうとしたところ、では明日参ると。今日でございます」

「右田どのは相手になろうとしなかったのか」

「相手が相手ゆえ」

「なるほど。俺に、嵐山虎五郎と立ち合ってほしいということか」

「はい」

平蔵は真顔で、

「あの師範代の右田惣兵衛どのは癖がありますが、そんなに悪い男ではありません。大河原先生もお人柄のよい方です。いかがでしょうか」

と、訴えた。

「うむ」

源九郎は迷った。

道場荒らしで有名な男を倒したら、江戸の剣客たちの注目を浴びるようになるかもしれない。目立つような真似はしたくない。

「流さん、大河原先生を助けてやってください」

平蔵は頭を下げた。

「そんな名高い道場破りを追い払ったとなったら、江戸で噂になるかもしれない。それは困る。それに、嵐山虎五郎に逆恨みされて付け狙われるようになるのは敵わない」

仇討《かたきう》ちの助太刀で、十名近い剣客を倒した。その働きは江戸でも評判になった。

そのときの平八郎と源九郎を比べる者はいるかどうか、いたとしても両者が同一人物だと疑うものはないと思うが……。

那須山藩領内で平穏に暮らしていた平八郎に悲報が届いたのは去年の六月だった。義父の伊十郎《いじゅうろう》が門弟である浜松藩水島《みずしま》家家臣の本柳雷之進《もとやなぎらいのしん》の闇討ちにあったのだ。伊十郎の嫡男伊平太《いへいた》の仇討ちの助太刀のために平八郎は那須山藩を辞め、仇討ちに加わった。

伊平太の助太刀は義兄である平八郎と、道場で師範代を務めていた三上時次郎《みかみときじろう》。かたや、本柳雷之進には藩主水島忠光《ただみつ》が十名以上の助太刀をつけて決闘が行われた。平八郎の働きにより、見事仇の本柳雷之進を討ち果たしたものの、伊平太は決闘で受けた傷が元で落命した。

この仇討ちはこのままでは終わらず、平八郎は浜松藩水島家が繰り出す刺客に狙われた。本柳雷之進は浜松藩水島家藩主忠光の寵愛を受けていた。

この危機を救ってくれたのが、播州美穂《ばんしゅうみほ》藩江間《えま》家の藩主伊勢守宗近《いせのかみむねちか》であった。近習《きんじゅ》の高見尚吾《たかみしょうご》を介して江間家に仕官させてくれたのだ。

もはや、手出しはしないと思ったが、水島家藩主忠光は執拗《しつよう》だった。老中にまで手をまわし、播州美穂藩を追い詰めてきた。平八郎を差し出さないと美穂藩江間家に無理難題が押しつけられる。

平八郎を差し出すしか江間家にかかった災厄から逃れる術《すべ》がないという状況で、伊勢守は平八郎の命を助けるべく奇策を思いついた。

平八郎を美穂藩で殺すことだ。そして、去年の十月二十日に播州美穂藩領の大辻《おおつじ》村にある藩主の別邸にて美穂藩の討っ手に襲われた平八郎は炎に包まれて落命した。

しかし、平八郎は密かに炎の中から脱出し、丹後《たんご》の山中の寺に身を潜めたのだ。平八郎は死んだことになった。

こうして平八郎は、新たに素浪人《すろうにん》流源九郎として生まれ変わった。この事実を知っているのは美穂藩江間家の藩主伊勢守、近習の高見尚吾ら数名だ。

少し考えた末に、

「わかった」

と、源九郎は答えた。

頼まれたらいやとはいえない己に、源九郎は苦笑するしかなかった。

「引き受けていただけますか」

「うむ。ただし、引き分け狙い」

相手に花を持たせるのが源九郎のいつものやりかただった。

木剣の試合は三本勝負、最初は源九郎が本気を出して一本をとり、二本目は相手に勝ちを譲る。さて、三本目をどうするか。

　そのときの状況で対処することにした。


　昼過ぎ、源九郎は平蔵とともに佐賀町にある一刀流の大河原三蔵剣術道場の玄関を入った。

　通された奥の部屋に、大河原三蔵と師範代の右田惣兵衛が待っていた。道場主の大河原は三十半ばぐらい、額が広く、温和な感じだった。

「流どの、よく来てくださった。右田惣兵衛から流どのの腕前を聞き、どうしても流どののお力をお借りしたいと。お引き受けくださり、このとおりです」

　挨拶のあとで、大河原が礼を述べた。

「いえ、右田どのの頼みとあれば……」

　源九郎は、右田を立てて言う。

「恐れ入ります」

　右田は頭を下げた。

「流どの。相手の嵐山虎五郎は道場破りとして名高く、これまでに誰にも負けたことはないと豪語しているよし」

大河原が口を開き、

「どうか、当道場の師範代として嵐山虎五郎との立ち合いをし、道場荒らしなど割が合わないことを虎五郎に」

「しかし、私の腕が相手を凌いでいるかどうかわかりません」

源九郎は冷静に言う。

「いや、流どのの腕前は、右田惣兵衛から聞いています。この右田が言うことには、流どのの腕は際立っているとのこと」

「過分な評価のように思えますが、なんとかご期待に添えるようにいたしましょう」

源九郎が答えたとき、玄関から、頼もうという声がきこえた。

「来たようです」

右田が緊張した声を出して立ち上がった。

しばらくして、右田が戻ってきた。

「道場に案内しておきました」

「では」

源九郎は立ち上がった。

右田に連れられ、源九郎は道場に足を踏み入れた。いかつい顔の大柄な髭面《ひげづら》の男が道場の真ん中であぐらをかいていた。

源九郎は壁際に座った。武者窓にたくさんのひとの頭が見えた。どうやら、道場破りの噂を聞きつけて集まってきたようだ。

右田が嵐山の前に行き、

「今、大河原先生がいらっしゃいます」

と、伝える。

「わかった」

嵐山は傲岸に頷《うなず》く。

それからほどなく、大河原三蔵がやってきて、一段高い板敷きの間に腰を下ろした。

「拙者が大河原三蔵だ。当道場は他流試合を禁じているが、嵐山どののたっての希望ということであり、お受けいたすことにした」

大河原が口を開いた。

「そんなことはどうだっていい。さっきから腕が鳴っているのだ」

嵐山は太い腕を突きだした。

「わかりました。その前に、師範代と立ち合っていただこう」

大河原は威厳に満ちた態度で言い、源九郎に目配せをした。

源九郎は立ち上がり、嵐山の前で腰を下ろし、

「拙者がお相手仕《つかまつ》ります」

と、頭を下げる。

「いいだろう」

嵐山はすっくと立ち上がり、後ろの壁にかかっている木剣を代わる代わる摑《つか》んでは一振りをして一本を選んだ。

源九郎は無造作に木剣をつかみ、道場の真ん中で嵐山と向かい合った。

審判役の右田が両者の間に立ち、

「三本勝負にて先に二本とったほうが……」

「あいや。三本も一本も同じだ。一本でいい」

嵐山はふてぶてしく言う。

「いや、三本のほうが……」

源九郎は口をはさむ。

「一本だ。真剣ならそこで勝負がついている」

源九郎は困惑した。一本勝負なら相手に花を持たせることが出来ない。

「出来ましたら、三本勝負で」

源九郎は口出ししたが、嵐山は聞く耳を持たなかった。

「いや、一本でいい」

「わかりました」

仕方ないと、源九郎は応じた。

両者、蹲踞《そんきょ》の姿勢から審判の声で試合がはじまった。

源九郎は正眼に構えたが、無気力のように嵐山は木剣を片手で握り、だらりと下げている。よほど自信があるのだろう。

悠然と源九郎が仕掛けてくるのを待っている。源九郎は木剣の先を相手の目に合わせている。相手の目が少しでも動けば、木剣の位置も移動する。吸いよせられたかのように、相手の目は木剣を見つめている。

相手は下げていた木剣を上げて、両手で握って正眼に構えを移した。その間も、目は木剣の先から離れない。

嵐山の額に汗が滲んでいた。源九郎は間合いを詰めた。

いきなり、嵐山の声が轟いた。

「待て」

嵐山は木剣を下ろし、

「急用を思いだした。立ち合いは中止としたい」

と、訴えた。

「嵐山氏、何を今さら」

右田が声をかけ、

「後日、改めて立ち合うというのなら聞けぬ。このまま続ける」

と、脅すように言う。

「いや、そんなことはない」

「二度と、この道場に顔をださないか」

「もちろんだ」

「二言はないな」

右田は確かめる。

「ない」

「わかった」

右田は源九郎に向かい、

「いかがか」

と、きいた。

「急用を思いだしたとなれば仕方ありません。二度と、我らの前に顔を出さないというのであれば」

源九郎はほっとしたように構えを解いた。

「失礼する」

逃げるように、嵐山は引き上げていった。

「流どの、お見事でござった」

大河原が讃《たた》え、

「また、向こうで」

と、さっきの部屋に誘った。

平蔵もやってきて、

「いったいどうなっているんですね。一振りもせずに、退散していきましたが。口先だけだったんですかえ、あの男」

と、呆れたように言う。

「いや。嵐山虎五郎は並の使い手ではない。並の剣客なら、あのまま続けて打ち負かされていただろう」

右田が感心して言う。

「流さんの腕前を闘わずに見抜いたということですか」

平蔵は驚いてきいた。

「そういうことだ。少なくとも俺より強い」

右田は正直に言った。

「流どの。助かりました。このとおり」

大河原が言う。

「どうぞ、頭をお上げください。それより、私はもう帰らないと」

源九郎は立ち去ろうとした。

「これから一献《いっこん》差し上げたい。今、酒肴《しゅこう》の支度をしているところなので」

大河原が引き止める。

「いえ、長屋の者と約束がありまして。これで失礼を」

源九郎は腰を上げた。

「そうですか。残念ですが仕方ありませぬ」

大河原はそう言い、右田に目配せをした。

右田は頷き、

「流どの。これを」

と、懐紙に包んだものを差し出した。

「これは？」

「謝礼です」

「受け取れません。私は商売でやったのではありません。平蔵さんと右田どのの頼みを受けただけにございます。どうか、気になさらず」

源九郎は辞退し、大河原道場を引き上げた。

二

元鳥越町に帰った源九郎は、そのまま『呑兵衛』の暖簾《のれん》をくぐった。夕暮れが迫っていたが、まだ、客が集まるには早い。

源九郎は小上がりの隅に落ち着いた。

『呑兵衛』は女将《おかみ》のおさんと亭主で板前の喜助《きすけ》、それに小女のお玉《たま》の三人で切り盛りしている。入って右手に十人ほど座れる小上がり、左手には長い腰掛けが二列に並び、六人ほど座れる。

お玉が近づいてきたが、

「いつものですね」

と、いちおうは確かめる。

「そうだ」

酒に板わさに貝と野菜の和え物である。

酒が運ばれてくると、ちびりちびり呑む。大河原道場で、酒を馳走になってもちっともうまいとは思えない。気を遣って呑むより、ここでこうして呑んでいるのが、源九郎は好きだった。

ふと、嵐山虎五郎に思いを馳せた。確かに、あの男は腕が立つ。おそらくどこかに仕官していたが、何かの事情で浪々の身になったのだろう。

あの男にとって生きていく手段が道場破りだったのか。おそらく、嵐山は師範代と名乗った源九郎を破ったあと、道場主の大河原と立ち合い、引き分けを狙うかわざと負けるかして、それなりの金を手に入れようとしたのではないか。道場主に勝って、道場の看板を奪っても一銭の得にもならない。

源九郎は勝手な想像をした。

外が暗くなって客が増えてきた。職人や行商人、それに日傭《ひよう》取りなどが多い。皆汗水流して働いた金で呑みに来ているのだ。

留吉と勘助が連れ立ってやって来た。留吉のほうが勘助より六つ年長の三十歳だが、ふたりは気が合うようだ。

「流さん、いいですかえ」

「ああ」

源九郎の前に小肥《こぶと》りの勘助が、横に瘦せた留吉が座った。

「お玉ちゃん、酒だ」

勘助が大声で言う。

喧騒が大きく、もう大声をださなければ、板場のほうにいるお玉に届かない。

酒が運ばれてきて、勘助と留吉はすぐにお互いに酒を注ぎあった。

「流さん、今日佐賀町に行きましたかえ」

いきなり、勘助がきいた。

「佐賀町か、行ったな」

源九郎は箸で板わさをつまんで答える。

「やっぱり、流さんだったのか」

勘助が合点して頷く。

「なんだ、流さんを見かけたのか」

留吉がきいた。

「佐賀町にある剣術道場の武者窓に黒山の人だかりがあったんで、何があるんですねと見物人にきいたんだ。そしたら、道場破りが道場の師範代と立ち合っているらしいと。あっしも見物したいが、天秤棒を放ってはいけない」

勘助は悔しそうな顔をしたが、

「そのうち、野次馬が武者窓から離れていった。見ていたひとりに声をかけたら、木剣を構えた後、急に道場破りが立ち合いをやめたそうだ。すると、髭面のいかめしい浪人が逃げるように道場の門から出てきた。それから、しばらくしてきりりとした顔だちの浪人が道場主らに見送られて門を出てきたんだ」

「それが、流さんだと？」

留吉がきいた。

「そうですよね、流さんですよね」

勘助が確かめる。

「そうよな」

源九郎は大きなあくびをして、

「少し横になる」

と、狭い場所で肘枕で横になった。

留吉と勘助はその話で盛り上がっている。

源九郎は寝た振りをしながら、また嵐山虎五郎のことに思いを馳せた。あの男は道場破りを商売にしているようだ。江戸で各地にある剣術道場に出向いているはずだ。その中に、飯倉《いいくら》四丁目にある小井戸《こいど》道場はなかったか。

小井戸道場は源九郎こと松沼平八郎の妻多岐の実家だ。道場主だった岳父の小井戸伊十郎が暗殺され、その仇討ちが終わったあと、師範代を務めていた三上時次郎が道場を預かっている。

この三上も仇討ちの助太刀に加わった。十数人を相手に、たった三人で闘ったことで、世間の評判を呼び、道場主の小井戸伊十郎がいなくても門弟は増えていると聞いていた。嵐山のことだ。評判を聞きつけたら道場破りに向かうのではないか。

「流さん、起きてくださいな」

お玉が源九郎の肩を揺すった。

「うむ？」

源九郎は体を起こし、

「寝ていたか」

と、あくびをこらえて言う。

「ここは寝るところじゃありませんから」

お玉が苦情を言う。

「すまんすまん」

源九郎は小さくなって謝る。いつものことだ。

「流さん、呑み直しますかえ」

勘助が声をかける。

「そうだな。もう一本もらおうか」

お玉に酒を頼んだ。

再び、酒を呑んでいると、戸口に商人ふうの男が現われた。

源九郎は相手が誰だかわかると、手のひらで顔をさすった。相手への返事だ。相手は微かに頷き、中に入らず踵《きびす》を返した。

それから四半刻（三十分）のち、源九郎は留吉と勘助とともに店を出て長屋に向かった。きれいな上弦の月が出ていた。

「いい月だ」

源九郎は夜空を見上げた。

ふと妻多岐のことを思いだした。那須山藩に仕官していた頃、屋敷の濡縁《ぬれえん》で多岐とふたりで月を見ながら酒を酌み交わしたものだ。

胸が締めつけられ、源九郎は思わず立ち止まった。

「どうしたんですかえ」

留吉が訝《いぶか》った。

「ちょっと酔ったようだ」

源九郎はごまかした。

長屋木戸を入り、しんとした路地を奥に向かう。

「じゃあ。流さん。また、明日」

勘助が辺りを気にして小さな声で言い、とば口にある自分の住いに帰った。

ふたりはさらに路地の奥に向かい、留吉が鉋《かんな》の絵が描かれた腰高障子《こしだかしょうじ》の前で足をとめ、

「じゃあ、あっしはここで」

と、挨拶した。

「うむ」

短く声を交わして留吉と別れ、源九郎は隣にある自分の住いの前に立った。路地の

一番奥である。

腰高障子を開けると、暗がりにひとの気配がした。

源九郎は戸を閉め、腰から刀を抜きとり、男の前を通って部屋に上がった。

「何かございましたか」

男は五郎丸《ごろうまる》といい、播州美穂藩江間家の領地から丹後の山中にある禅寺への逃亡に力を貸し、今も藩主伊勢守宗近の近習番である高見尚吾との連絡役をしている。

さっき、『呑兵衛』の戸口に立った商人ふうの男は、この五郎丸だ。ときたま、さりげなく、源九郎の前に顔を出す。源九郎は用事があれば、顔を手のひらでなでる。それが合図だ。

「頼みがある」

源九郎は切り出す。

「なんでしょう」

「佐賀町にある大河原道場で、俄《にわ》か師範代として道場破りの嵐山虎五郎という浪人と立ち合った……」

源九郎は経緯を説明し、

「嵐山虎五郎はあちこちで道場破りをして負けたことがないと豪語していた。頼みとは、飯倉四丁目にある小井戸道場に現われたかどうか気になるのだ」

「もし、現われていたらどうなさるのですか」

五郎丸はきいた。

「どうなったか知りたい」

「知って、どうなさるおつもりで？」

「どうもせぬ。ただ、知っておきたいだけだ」

三上時次郎がどう対処したか。それによって、今後の小井戸道場の盛衰を推し量ることが出来るのだ。

「それだけでございますか」

五郎丸は執拗に確かめる。

「そうだ。何かあったとしても、手助けは出来ぬことは承知だ」

松沼平八郎は死んだことになっているのだ。いや、仇討ち後に仕官した美穂藩江間家が平八郎を殺したと、浜松藩水島家に報告している。

万が一、平八郎が生きていることが知れたら、江間家は水島家に虚偽の報告をしたことになり、責任を追及される。

ただでさえ、浜松藩水島家と親戚関係にある老中水島出羽守《でわのかみ》は美穂藩江間家の領地を取り上げようとしているのだ。平八郎の死の真相が明らかになれば、美穂藩江間家は窮地に追いやられることは必定だ。なんとしてでも、源九郎が松沼平八郎であると悟られてはならない。

「わかりました。探ってみます」

五郎丸は言ったあとで、

「ついでに妻女どのの様子を見てまいりましょうか」

「いや、いい」

源九郎は断った。

知れば未練が募るだけだ。

「仮に、多岐のことで何かわかったとしても俺には言わなくていい」

「わかりました」

五郎丸は思いやるように応じた。

「それから、嵐山虎五郎という浪人の住いを調べてもらいたい」

「道場破りに会うおつもりで?」

「あれだけの腕を持ちながら、道場破りに生計を求めているわけを知りたいと思ってな」

「そうですか。捜してみましょう」

「頼んだ」

源九郎は言ってから、

「その後、高見さまからは何も？」

と、きいた。

「ありません」

「そうか」

播州美穂藩江間家は老中の水島出羽守に目をつけられている。江間家を貶《おとし》めようと出羽守は卑劣な策略をめぐらせていた。その危機を、源九郎は救ったばかりである。すぐにも、新たな策謀を仕掛けてくることはないと思うが、いずれまた動き出すはずだ。

そのときは、源九郎は江間家のために働くつもりだ。高見尚吾もそのことを源九郎に期待して、手当も出してくれているのだ。あくまでも、陰ながらにだ。あからさまに江間家のために動き回ると、死んだことになっている松沼平八郎と結びつけられる恐れがあるからだ。

浜松藩水島家は葛城《かつらぎ》の藤太《とうた》一味を手足として使っている。

大和《やまと》の国の山奥に棲む、謀略と奸計《かんけい》に長けた忍びの集団の頭が葛城の藤太である。

その葛城の藤太一味は自分たちが謀略と奸計に長けているがゆえに、松沼平八郎が死んだとされることに微かな疑いを抱いているようだ。だから、江間家への加担は秘密裏に行なわねばならない。

「では、また後日」

五郎丸は引き上げて行った。

三

翌朝、朝餉《あさげ》をとり、長屋の男連中が仕事に出たあと、源九郎はたすき掛けをし、着物を尻端折りして、米の磨《と》ぎ汁に、褌《ふんどし》と襦袢《じゆばん》を抱えて井戸端に向かった。

井戸端にしゃがんで、さてと思案していると、留吉のかみさんが洗濯物を抱えてやってきた。

「流さん、こっちに貸して。私が洗いますよ」

「いや、自分でやる」

「遠慮しないで」

「いや。褌だから」

そこに木戸を入ってきた羽織姿の三十半ばぐらいの男が近づいてきて、

「流源九郎さまのお住いはどこでしょうか」

と、きいた。

「流さんに何か」

留吉のかみさんがきく。

「はい。お願いしたいことがありまして」

「流源九郎は私だが」

源九郎は男に顔を向けた。丸顔で、太い眉。大店の番頭といった感じだ。

「あなたさまが……」

男は戸惑ったように、

「流さまは剣の達人とお伺いしましたが」

と、言う。

「剣の達人かどうかはわからぬが、それがどうかしたか」

源九郎はきいた。

「いえ、失礼しました。また、出直します」

明らかに気落ちしたように、男は踵《きびす》を返した。

逃げるように木戸を出て行く男を見送りながら、

「いったいどうしたと言うのか」

と、呟《つぶや》く。

「その恰好ですよ」

かみさんが言う。

「この恰好？」

源九郎は両手を広げ、自分の姿を見た。たすき掛けに尻端折り。手に褌と襦袢。

「その恰好に、心細くなったんですよ」

「そうかな」

源九郎は首を傾《かし》げる。

「さあ、洗っておきますから、たらいに入れてくださいな。お侍さんがそんなことなさっては出世に響きますよ」

かみさんが言う。

「いや、私は出世には縁がないが」

源九郎は言ったあとで、

「じゃあ、お言葉に甘えて」

と、褌と襦袢を置いた。

そこに洗濯物を持って、左官屋の益吉《ますきち》のかみさんがやってきた。

「あら、流さん。いけませんよ、男のひとが洗濯だなんて」

「今、頼んだところだ」

源九郎は説明する。

「そう、私たちに任せて」

「ところで、今朝、納豆売りの三太は来なかったな」

源九郎はきいた。

「ええ。どうかしたのかしら。おっかさんの具合でも悪くなったんじゃなければいいけど、心配だわ。だって、一日たりとも欠かしたことがないのに」

留吉のかみさんは表情を曇らせた。

「三太はどこに住んでいるのか知っているか」

「確か、益吉さんがどこかの長屋で見かけたと言っていたわね」

留吉のかみさんが益吉のかみさんにきいた。

「ええ、どこだったかしら。左官の仕事場に向かう途中、長屋木戸に入って行くのを見たと。そうだ、神田岩本町《かんだいわもと》よ。朝顔長屋」

益吉のかみさんが思いだす。

「神田岩本町の朝顔長屋か」

源九郎は頷く。

「様子を見に行くんですかえ」

留吉のかみさんがきいた。

「うむ。ちょっと気になることがあって」

「そうですよね。病気のおっかさんが……」

「いや、そうじゃない。体に痣があったんだ」

「そうそう、痣があったわ」

留吉のかみさんが言う。

「悪餓鬼と喧嘩したと言っていたが、どうも納得出来なくてな。様子を見てこようと思うのだ」

「流さん、三太さんの様子を教えてくださいね」

「わかった」

いったん、自分の家に戻り、着物を着替えて、源九郎は長屋を出た。

源九郎は神田岩本町にやってきた。

朝顔長屋はすぐわかった。源九郎は木戸を入り、路地を奥に進む。

腰高障子が開いて、白い髭の年寄りが杖をついて出てきた。源九郎を見て、胡乱《うろん》な顔をしたので、怪しまれないために声をかけた。

「三太の住いはどこだね」

「奥から二軒目だ」

年寄りが指差して言う。

「わかった」

礼を言って、奥から二軒目に向かった。

「いないよ」

年寄りが言った。

源九郎は振り返り、

「三太の母親はいるのでは？」

と、確かめた。

「昨夜、母親と三太は出かけたきり、帰ってきちゃいねえ」

「帰ってない？　どこへ行ったのか」

「わからねえから心配しているんだ」

「母親は病で臥せっているのではないのか」

源九郎は不審に思ってきいた。

「病だって？　あの女は元気だ」

年寄りは吐き捨てるように言う。

「元気？　病気ではないと？」

源九郎は耳を疑った。

「いったい、誰から聞いたんだね」

年寄りは呆れたように言う。

「三太からだ」

「三太が……」

年寄りは目をしょぼつかせた。

「何か」

源九郎は訝ってきく。

「なんでもねえ」

年寄りは首を横に振る。

「なぜ、三太は母親が臥せっていると言ったのだろうか」

源九郎はきいた。

「知らんよ」

年寄りはまたも吐き捨てるように言った。その言い方には何か刺《とげ》のようなものが含まれているようだった。

「いったい、お侍さんは、三太にどんな用があるんだね」

年寄りがきいた。

「昨日の朝、納豆を売りにきた三太の体に痣があった。喧嘩したと言っていたが、子ども同士の喧嘩にしては痣が大きい気がした。すると、今朝はやって来なかったので、心配になって様子を見に……」

「…………」

年寄りは黙った。

「また、昼過ぎにでも来てみよう」

源九郎はそう言い、木戸に戻ろうとした。

「お侍さん」

年寄りが呼び止めた。

「どうも失礼な態度をお許しを。伊勢吉《いせきち》の仲間だと思って……」

「伊勢吉とは？」

「へえ」

年寄りは態度を変えた。

「三太は母親の……。あっ」

木戸口に目をやっていた年寄りが押し黙った。

三十歳前と思える、遊び人ふうの細身の男が木戸を入ってきた。色白で鼻筋が通り、甘い顔だちだが、冷たそうな感じだ。

男は源九郎と年寄りを一瞥《いちべつ》し、奥から二軒目の腰高障子を開けて中に入って行った。

「あそこは三太の住いか」

源九郎は確かめる。

「そうです」

「ひょっとして、今の男が伊勢吉？」

「お侍さん、中でお話を」

年寄りは自分の住いに源九郎を誘った。

「では」

源九郎は腰の刀を外し、土間に入った。

部屋には年寄りの妻女がいた。

「あっしは喜平《きへい》って言います。家内です」

「流源九郎と申す」

源九郎は上がり框《がまち》に腰を下ろして名乗った。

「流さまですか。いろいろ失礼な態度をお許しください」

喜平は改めて詫びた。

「いや、謝るほどのことではない。で、伊勢吉とは？」

源九郎は気になっていることをきいた。

「母親の間夫《まぶ》ですよ」

喜平は不快そうに言う。

「間夫？」

源九郎は耳を疑った。

「へえ、三太の母親はおせんと言うんですが、伊勢吉に首ったけでして」

喜平は顔をしかめ、

「伊勢吉はすけこましです。おせんから金をむしりとっているんです。みな三太が稼いだ僅《わず》かな金です」

と、憤慨して言う。

「おせんは子どもがいるくせして、伊勢吉に甘い言葉をかけられて、すっかりその気になっちまって」

「三太はどうしているのか」

源九郎はきいた。

「ええ。伊勢吉を嫌っています。やってきた伊勢吉を追い返そうとしますが、おせんは伊勢吉の肩を持ちます」

「ひょっとして、あの痣は伊勢吉に……」

「そうでしょう。一昨日、外出していたおせんが伊勢吉といっしょに帰ってきたんです。留守番していた三太は我慢の限界だったのでしょう、もう来るなと伊勢吉に強く言ったんです。そしたら、伊勢吉の野郎、三太を殴り……」

喜平は怒りを抑えて言う。

「おせんは止めなかったのか」

「黙って見ていました。おせんは伊勢吉に何も言い返せませんから」

喜平は吐き捨て、

「大家さんが出てきて、伊勢吉を止めました。でも、おせんは三太が悪いから殴られたのだと、大家さんに話す始末」

「それでも母親か」

源九郎も憤然となって、

「昨夜、おせんと三太が出かけたのは伊勢吉のところへ行ったのではないのか」

と、口にした。

「そうかもしれねえ。なにしろ、おせんは伊勢吉の言いなりだから」

喜平は暗い顔をした。

「今、伊勢吉はひとりだが、なにしにきたのか」

と、きいた。

「金をとりにきたのかもしれません」

「金？」

「三太が働いた金をふんだくっているんじゃ」

「ともかく、問い質《ただ》してみよう」

源九郎は立ち上がって戸口に向かった。

「あっしも」

喜平も土間に下りた。

路地に出て、三太の住いに向かう。喜平も杖をついて追ってきた。

戸を開けると、伊勢吉が何かを風呂敷に詰めていた。

「誰でえ」

伊勢吉が顔を向けた。

「三太に会いにきた」

源九郎は土間に入る。

「三太はいねえ」

「どこにいる？」

「知らねえな」

「三太の家に勝手に入り込んで何をしている？」

「ここは俺の家も同然だ。何も言われる筋合いはねえ。出て行ってくれ」

伊勢吉は追い払おうとする。

「三太の母親はどこだ？」

「知らねえな」

「昨夜、おせんはどこかに出かけ、帰って来なかったようだ。そなたが連れ出したのではないのか」

源九郎は問い質す。

「違いますよ。自分から進んで出て行ったんですよ」

「三太の体に痣があった。そなたの仕業だな」

「お侍さん、何か勘違いなさってはいませんか」

「いや、勘違いじゃねえ」

喜平が背後から騒いだ。

「おまえが三太を殴っているのを見た」

「じじいは引っ込んでろ」

伊勢吉は怒鳴った。

「伊勢吉。風呂敷に何を詰めているのだ？」

源九郎は風呂敷の結び目を解いた。

女物の着物や櫛《くし》などだ。

「これは、ひょっとしておせんの物？」

「だから言っているでしょう。他人には関係ないって」

「ここの長屋のもんはな」

喜平が憤然となって、

「みな家族も同然なんだ。おれたちは、おせんさんから正式におまえさんのことを引き合わせてもらってねえ。おまえこそ、他人だ」

と、声を張り上げた。

「ちっ。もういい」

伊勢吉は吐き捨て、土間に下りた。

「待て」

源九郎は立ちふさがった。

「おせんと三太のところに案内してもらおうか」

源九郎は迫る。

「知らねえって言っているじゃねえか。どけ」

「いや。知っていると顔に書いてある」

伊勢吉は、いきなり懐から匕首《あいくち》を取り出し、源九郎の腹部に突きだした。さっと体をかわしながら相手の手首を摑んだ。

「いてっ」

伊勢吉が悲鳴を上げた。

源九郎は手首を摑んだまま路地に出た。

「放せ、放してくれ」

伊勢吉は呻《うめ》きながら言う。

「おせんと三太のところに案内するな。どうだ」

源九郎は口にする。

「わかった」

「よし」

源九郎は手首を放つ。

「替えの帯はあるか」

「替えの帯？」

伊勢吉は怪訝《けげん》そうな顔をした。

「逃げだそうとしたら帯を切る。変な気を起こさなければ必要ない。さあ行こう。先に立て」

源九郎は促した。

「ちっ」

舌打ちし、伊勢吉はふてくされたように前を歩きだした。

柳原《やなぎはら》通りに出たとき、いきなり伊勢吉が逃げだした。源九郎の剣が一閃《いっせん》した。伊勢吉の帯を真っ二つに切った。

切れた帯が足にからまって、伊勢吉はつんのめって倒れた。

伊勢吉はあわてて起き上がった。着物がはだけていた。

「だから言ったろう。逃げだしたら帯を切ると」

源九郎は言う。

「さあ、切れた残りの帯を腰に巻け」

伊勢吉は青ざめた顔で着物を合わせ短い帯を一重に巻いた。

「今度同じ真似をしたら、髷《まげ》と着物を切る。わかったな」

源九郎は脅した。

伊勢吉は竦《すく》み上がった。

四

伊勢吉は両国橋をおとなしく渡った。そして、回向院《えこういん》裏にある一軒家の前で足を止めた。

「ここは？」

源九郎はきいた。

「『正仙閣《せいせんかく》』の主人の家だ」

「『正仙閣』？」

「女郎屋だ」

「なに、女郎屋だと」

源九郎はかっとなって、

「おぬし。おせんを女郎に売ったのか」

と、胸倉をつかんだ。

「待ってくれ。おせんが自分から進んで……」

伊勢吉は苦しそうに言う。

「いい加減なことを言うな」

「ほんとうだ。俺のために……」

「きさまが、そう仕向けたのか」

「苦しい、放してくれ」

手を離すと、伊勢吉は咳《せ》き込んだ。

「もう金を受け取ったのか」

「手付金だけだ」

「よし、ともかく入れ」

源九郎は急かした。

伊勢吉は戸を開け、

「ごめんなさいな」

と、呼びかけた。

あだっぽい女が出てきた。

「あら、伊勢吉さんじゃないか」

「姐さん。旦那はいらっしゃいますか」

「いるけど、どうしたのさ?」

女は源九郎にちらっと目を向けてきいた。

「こちらのお侍さんがおせんと三太に会わせろって言うんで……。困ると言ったんですが、聞いてもらえなくて」

伊勢吉は顔をしかめて言う。

「あのふたりに？」

「へえ」

「そう、わかったわ。今、旦那にきいてくるわ」

「待て。こっちから行く。おまえも上がれ」

源九郎は伊勢吉とともに部屋に上がった。

女はあわてて奥に知らせに行った。

源九郎が居間に行くと、長火鉢の前で五十絡みの丸顔の男がたばこを吸っていた。

その横で、今の女が源九郎を睨《にら》んでいる。

「俺は正蔵《しょうぞう》だ。おまえさんは誰だね、不躾《ぶしつけ》ではないか」

五十絡みの男が口を開いた。

「拙者は流源九郎と申す。三太の知り合いだ。伊勢吉がここにおせんと三太を売り払うつもりだというので、断りにきた」

源九郎はいっきに言う。

「おせんも納得ずくなんですぜ。流さまが横やりを入れるのはちと無理がありますな」

正蔵が落ち着いて言う。

「ほんとうに納得しているのかどうか。おせんと三太に会わせてもらいたい」

源九郎は頼んだ。

「いいでしょう」

正蔵はものわかりがよかった。

「私が案内しますよ」

女が立ち上がった。

「伊勢吉、あとでそなたを交えて話をする。待っているんだ」

源九郎は伊勢吉に言う。

「へい」

伊勢吉は素直に言う。

「どうぞ」

女は先に立った。

廊下を渡り、一番奥にある部屋の前で、女は立ち止まった。

「ここです」

「開けろ」

「おせんさん。いいかえ」

女は襖《ふすま》を開けた。

薄暗い部屋に、三十半ばと思える女と三太がいた。三太は顔を腫らして横になっていた。源九郎は驚いて、

「三太、どうした？」

と、そばに寄った。

「どなたですか」

女がきいた。整った顔だちだ。

「おせんさんか」

「はい」

「俺は三太から納豆を買っている流源九郎というものだ。昨日の朝、三太の体に痣を見つけて気にしていたら、今朝は姿を見せなかった。それで気になって長屋に行ったら、ふたりとも長屋に帰ってないという。それで、伊勢吉という男にここへ案内してもらったのだ」

「…………」

「三太はどうしたんだ？」

源九郎は声をかける。

「なんでもありません」

おせんが否定する。

「なんでもなくはないだろう。顔はどうしたんだ?」

「流さま」

三太は悲しそうな顔をした。

「三太、話すのだ」

「転んで、顔を打ったんです。それで、昨夜はここに泊めてもらったんです」

三太は消え入りそうな声で言う。

「ほんとうのことを言うのだ。伊勢吉の仕業ではないか」

源九郎は追及する。

「違います」

三太の声は弱々しい。

「殴られて腫れたのだ」

「違います。転んで……」

おせんが口をはさんだ。

「伊勢吉を庇《かば》うのか。自分の子がこんなにされても伊勢吉を庇うのか」

呆れたように、源九郎はおせんを見た。

「私たちの問題ですから、どうかよけいな口出しはなさらないでください」

おせんは伊勢吉の肩を持った。

「それより、なぜ、ここに来たのか」

源九郎はおせんを問い詰めるようにきく。

「…………」

「伊勢吉がここにそなたを連れてきたのだな。なぜだ?」

「私たちの問題ですから」

「そなたと伊勢吉はどういう関係だ?」

「…………」

「そなたたちが純粋な思いで付き合っているなら、何も口出しはせぬ。しかし、三太は痣をこしらえている。見捨てておけぬ」

源九郎はきっぱりと言い、

「三太、このままでいいのか。伊勢吉が怖いのか」

と、きく。

三太は首を横に振った。

「怖くないなら、ほんとうのことを言うのだ」

「……………」

三太はちらっとおせんに目をやった。

源九郎は啞然《あぜん》とした。

「そういうわけか」

源九郎はおせんに顔を向け、

「そなた、伊勢吉のために三太を犠牲にしているのか。三太を殴っているのは伊勢吉だ。それなのに、伊勢吉の味方をして……。三太はそなたを庇って何も言わないのだ。それでも、母親か」

と、憤然と言う。

おせんは俯《うつむ》いたまま肩を震わせた。

「よいか、ここを引き上げるのだ」

「出来ません」

おせんが口を開いた。

「なぜだ？」

「私は料理屋で住込みで働くことになったのです」

「料理屋？」

「前金もいただくことになっています」

「どこの料理屋だ？」

「『正仙閣』です」

「伊勢吉が料理屋だと言ったのか」

「そうです。五年の年季奉公。ここは料理屋のご主人の家です」

「料理屋ではない。『正仙閣』は女郎屋だ」

「えっ」

「伊勢吉はそなたを女郎屋に売り飛ばしたのだ」

「そんな……」

「女郎屋だとは知らなかったのだな」

「伊勢吉さんは料理屋の住込みだと……」

「嘘だ。伊勢吉はそなたを女郎屋に売り飛ばそうとしているのだ」

「伊勢吉さんが嘘をつくなんて」

「おせん、目を覚ませ。そなたは騙《だま》されているのだ」

源九郎は強く言う。

「でも……」

「まだ、伊勢吉の正体がわからぬのか。そなたを騙して女郎屋に売り飛ばそうとした男だ。いい加減、目を覚ませ」

「伊勢吉さんは博打《ばくち》で負けて金を払わないと簀巻《すま》きにされて大川に放り込まれてしまう。料理屋に五年の年季奉公をしてくれれば、その金で俺は助かる。年季が明けたら一緒になろうって」

おせんは説明した。

「三太をひとりぼっちにしてまで、そなたは伊勢吉のために女郎になるつもりか」

「三太はどこかの商家に奉公させてくれると」

おせんは弱々しい声で言う。

「おそらく、どこかの女郎屋で下働きとしてこきつかわせるつもりだろう」

源九郎は三太に顔を向け、

「三太はおっかさんと別れても平気か」

「いやだ」

三太ははっきり言う。

「おせん、三太の気持ちを考えろ」

強く言って、

「伊勢吉はそなたを売り飛ばした金を受け取ったら、そのまま姿を消してしまうはずだ。二度と、そなたの前には現われまい」

「…………」

おせんは口をわななかせた。

「年季奉公の話、なかったことにする。いいな」

源九郎は確かめるようにきく。

「はい」

おせんは声を震わせた。

「よいな。もう伊勢吉とかかわるな。どんな甘い言葉で近づいてきても突き放すのだ」

「はい。私がばかでした」

おせんは泣きだした。

源九郎が部屋を出ると、さっきの女が廊下に立っていた。

「正蔵のところに」

源九郎が言うと、女は口元を歪《ゆが》ませ、踵を返した。

そして、庭に面した部屋に通した。

部屋に、誰もいなかった。

「正蔵は？」

「庭ですよ」

庭に目をやると、正蔵と伊勢吉が立っていた。ふたりの背後に屈強そうな浪人が三人立っていた。

源九郎は濡縁に出た。

沓脱《くつぬ》ぎに、源九郎の履物が置いてあった。

「手回しがいいな」

源九郎は正蔵と伊勢吉に言う。

「いくら何でも裸足《はだし》では申し訳ないと思いましてね」

正蔵が含み笑いをした。

「あっさり、おせんに引き合わせてくれたのは、用心棒を呼ぶ時間稼ぎだったか」

源九郎は刀を腰に差して、

「伊勢吉。おせんと三太は長屋に連れて帰る」

「流さま。そいつは無理です。もう、話はついているんですぜ」

正蔵が口を歪めて言う。

「おせんを騙した伊勢吉と話をつけてもらおう。おせんは関係ない」

源九郎ははね返す。

「そうはいきません。もう手付金は払っているんですぜ」

「だから、伊勢吉と話し合え。こっちはおせんと三太を連れて帰る。だが、その前に、片付けなければならないな」

源九郎は正蔵と伊勢吉に近づいた。

正蔵と伊勢吉は後ずさり、浪人たちが前に出てきた。

ひとりは大柄で、鬼瓦のような顔をし、口に楊枝をくわえている。ひとりは痩せて長身の馬面。そして、最後のひとりは中背で、敏捷《びんしょう》そうだった。

「旦那方、頼みましたぜ」

正蔵と伊勢吉は後ろに下がった。

三人の浪人が一斉に抜刀した。源九郎も刀の鯉口《こいぐち》を切った。

「面倒だ。三人一度にかかってこい」

源九郎は叫ぶ。

「こしゃくな」

長身の馬面が上段から斬り込んで来た。源九郎は馬面の剣を弾《はじ》き、突進してきた敏捷そうな男の剣を身を翻して避けながら、鬼瓦に向かっていった。

源九郎が舞うように剣を振るったが、その剣の動きは正蔵と伊勢吉にもとらえられなかったようだ。

源九郎が鞘《さや》に刀を納めたとき、三人の浪人はうずくまって呻いていた。

正蔵と伊勢吉は言葉を失っている。

「伊勢吉、そなたは正蔵と話をつけろ。まだ、正式な取り決めはしていないという話だったな」

「へえ」

「証文はまだないのだな」

「ありません」

「よし、おせんと三太は連れて帰る」

「…………」

「正蔵もいいな」

「わかった」

正蔵は憤然と言う。

「もし、約束を違《たが》えたら」

源九郎の剣が一閃し、鞘に納まった。

またも伊勢吉の帯が裂かれ、着物の前がはだけた。あわてて、伊勢吉は着物を掻き合わせた。

「今度はその素っ首がすっ飛ぶ」

伊勢吉は青ざめた顔で茫然《ぼうぜん》としていた。

「正蔵、駕籠《かご》を二つ、呼んでもらおう」

源九郎はおせんと三太のいる部屋に戻った。

三太は半身を起こしていた。

「三太、だいじょうぶか」

「だいじょうぶです」

「おせん。今、駕籠がくる。そしたら長屋に帰るのだ」

「伊勢吉さんは？」

「伊勢吉のことは忘れるんだ」

源九郎は語気を強めた。

「はい」

さっきの女が顔を出した。

「駕籠が来ましたよ」

女は不貞腐《ふてくさ》れたように言った。

夕方に、おせんと三太を乗せたふたつの駕籠は神田岩本町に着いた。

「よく帰ってきた」

喜平が迎えた。

長屋の者が出てきて、おせんと三太を家に連れて行った。

源九郎が駕籠賃を払った。酒手《さかて》を弾むと、駕籠かきは相好を崩した。

源九郎が土間に入ると、喜平が、

「流さま、よくふたりを連れ戻してくれた」

と、頭を下げた。

「もう心配はいらない。おせんさんも伊勢吉ときっぱり縁を切ると誓ってくれた」

「そうですか。それはよかった」

「三太は顔がまだ腫れているが、もう痛みはないようだ」

源九郎は言い、

「万が一、伊勢吉が現われたら、私に知らせてくれ。元鳥越町の万年長屋にいる。三太も知っている」

と、告げた。

「わかりました」

「ふたりとも無事だったか」

戸口で、大きな声がした。

「大家さん」

喜平が大家に向かい、

「流さまが助けてくださった」

と、訴えた。

「そうですか。なんと御礼を申してよいか」

大家は大仰に言う。

「いや」

源九郎は上がり框まで行き、

「三太、早く元気になるのだ。納豆を待っているからな」

「流さま。ありがとうございました」

三太は畏《かしこ》まって頭を下げた。

五

ふつか後の朝、まだ納豆売りの三太は顔を出さなかった。

朝餉をとったあと、源九郎は長屋を出て岩本町に向かった。

元鳥越町を出て、七曲がりと呼ばれる武家地の中の鉤《かぎ》の手に曲がった角をいくつか抜けて、向柳原《むこうやなぎはら》に出て、神田川にかかる新シ橋に差しかかった。

橋を渡り、真ん中辺りまできたとき、目の端に何かをとらえた。不快と思えるものだ。源九郎は立ち止まり、橋の欄干《らんかん》に寄った。

川っぷちの草木の中に、ひとの足のようなものが見えた。やはり、ひとが横たわっているのがわかった。

「旦那、何かありましたかえ」

印袢纏《しるしばんてん》を着た職人がふたり通りがかり、ひとりが声をかけてきた。

「あそこを見ろ」

源九郎は指差した。

ふたりは欄干から乗り出して目を凝《こ》らした。

「あっ、ひとの足だ」

小肥りの職人が欄干から覗《のぞ》き、

「ひとだ。死んでいるんだ」

と、騒いだ。

「誰か自身番に知らせてこい」

源九郎が言うと、あっしがと言い、もうひとりの職人が走って橋を渡って行った。

そのころには通り掛かった者が集まって騒ぎだしていた。

源九郎はその場を離れ、先を急いだ。

土手を下り、柳原通りを横切って、源九郎は岩本町の朝顔長屋に向かった。

木戸を入ったとき、喜平がちょうど出てきた。

「流さま」

喜平は声をかける。

「どうだ、三太母子は？」

源九郎はきいた。

「三太も歩けるようになり、おせんさんも憑《つ》き物がとれたように元気になって長屋の者とも打ち解けています」

「伊勢吉はやって来ないな」

源九郎は確かめる。

「来ません」

「そうか」

まだ安心は出来ないが、もう大丈夫だろうと思った。

「何かあったら、知らせてくれ」

源九郎は踵をかえした。

「あれ、流さま。会っていかないんですかえ」

喜平は驚いて言う。

「なまじ顔を出して、ふたりに気を遣わせてもいけない。ふたりがふつうの暮らしに戻ったことがわかればそれでいい」

「そんなこと仰らず……」

「いや、また、三太が納豆売りをはじめたら会えるから」

「そうですかえ」

「では」

源九郎は木戸に向かった。

岩本町を出て、源九郎は来た道を戻った。

柳原通りを横切って柳原の土手に向かう。

土手下は、屋根や壁を板で覆っただけの仮設の店、床店《とこみせ》が並んでいる。ほとんどが古着を商っている。

床店と床店の隙間を抜けて土手に上がった。ふと背後から射るような視線を感じた。床店の陰からだ。

『正仙閣』の正蔵の仲間か。あるいは、用心棒の浪人の意趣返しか。

新シ橋の上にさっきより大勢の野次馬が集まっていた。

ひとが倒れていた辺りには巻羽織に着流しの同心や縞の羽織に尻端折りした岡っ引きらしい男の姿があった。莚《むしろ》がかけられていて見えないが、足が飛び出していた。

源九郎は野次馬のひとりに声をかけた。

「死んでいたのは男か」

「そうです。殺しだそうですぜ」

男は振り向いて答えた。

「殺しか」

源九郎は眉根を寄せた。

「遊び人ふうの男で、匕首《あいくち》で刺されたようです」

男は勝手に喋《しゃべ》った。

「誰から聞いたのか」

「さっき、岡っ引きの手下が橋にいる野次馬に聞き込んでいたんですよ。昨夜、ここを通った者はいないかと。そんとき、殺されたのが遊び人ふうの男だと言ってました」

「そうか」

大八車がやってきて、亡骸《なきがら》を載せた。

源九郎はその場を離れ、新シ橋を渡った。視線はついてくる。

橋を渡り、すぐ右に折れ、神田川沿いを左衛門河岸《さえもんがし》に向かう。

しばらくして視線は消えた。橋を渡ってきた者はまっすぐ向柳原のほうに歩いて行き、川沿いの道には誰も来なかった。

あとをつけてきたわけではない。待ち伏せか。向柳原から武家地を通って、先回りをするつもりか。

酒井《さかい》左衛門尉《さえもんのじょう》の下屋敷の角を左に曲がる。酒井家の屋敷の塀が途切れ、向柳原から曲がってきた通りと交差する。

気を配りながら、源九郎は右に折れる。七曲がりと呼ばれる通りで両側に大名屋敷が並んでいる。

人通りは少ない。どこかで待ち伏せて襲ってくるかと思ったが何ごともなく、元鳥越町に着いた。

長屋木戸を入り、自分の家の腰高障子の前に立つと、隣の留吉のかみさんが出てきて、「流さん」と、小声で呼んだ。

源九郎は顔を向ける。

「この間のひとが来ているんですよ」

「この間のひと？」

「大店《おおだな》の番頭さんという感じのひと。たすき掛けに尻端折りした姿に、流さまは剣の達人とお伺いしましたがと言って引き返して行ったひとですよ」

「ああ、あのときの」

源九郎は丸顔で、太い眉の男の顔を思いだした。

「さる大名家に出入りをしている商家の番頭さんだそうです。どうしてもお会いしたいと言うので、中で待ってもらっているんです。流さんにとって悪い話ではないようでしたので」

「何かな」

源九郎は首を傾げた。

「よけいな真似をしたかしら」

「いや、そんなことはない。では、会ってみよう」

源九郎は戸を開けた。

土間に、先日の男が立って待っていた。

「勝手に入り込んで待たせていただきました」

男は畏まって詫びた。

「いや」

源九郎は部屋に上がった。

「お話とは？」

上がり框近くに腰を下ろし、源九郎は話を促した。

「はい。私は小伝馬町《こでんまちよう》に店を構える鼻緒問屋『美濃屋《みのや》』の番頭で房太郎《ふさたろう》と申します。さる大名家のご家来の布川滝之進《ふかわたきのしん》さまに頼まれて参りました」

「はて、なんでしょうな」

源九郎は訝った。

「布川さまは、たまたま佐賀町の大河原道場での流さまの立ち合いをご覧になって、その腕前に感服されたようです。お屋敷に帰る途中、『美濃屋』に寄りまして、大河原道場での話をなされ、ぜひご浪人のことを調べてくれと頼まれました」

「……………」

「大河原道場に行き、何度も懇願して、ようやく金貸しの平蔵にきけと言われ、平蔵さんに会いに行きました。それで、流さまのことがわかったのです」

房太郎は続ける。

「そこで、さっそく流さまのことを調べるためにこの長屋に」

「なるほど。たすき掛けに尻端折りした姿を見て、がっかりしたというわけか」

源九郎は苦笑する。

「申し訳ありません。道場破りを追い返したお侍さんとは思えず、何かの間違いだと思い、引き返してしまいました。布川さまにそのことを告げ、流さまの特徴を話すと、間違いないと仰られて」

房太郎は肩をすくめ、

「そういうわけで改めてご挨拶に」

と、口にする。

「そのことはわかったが、用件は何かな。拙者を用心棒として雇いたいとでも？」

源九郎はきいた。

「いえ。そうではありません。用心棒ではありません」

「では、何か」

源九郎はきいた。

「流さまにとって、とてもいい話だと思います。ぜひ、布川さまにお会いくださいませんか」

「いい話か。浪人にとっていい話とは仕官のことだろうか。もし、そうだとしたら、拙者は仕官などする気はない」

「それだけでないと思います」

「どういうことだ？」

「申し訳ありません。そのことは、布川さまが直にお話を」

「どんな内容かわからないが、話を聞いても拙者には受け入れることは出来ない。このことはなかったことに」

仕官の話ではないかと想像し、源九郎はきっぱり断った。

「布川さまにお会いするだけでも」

房太郎は懇願した。

「話を聞いても無駄だと思う。どうか、布川さまによしなに」

源九郎は話を切り上げるように言った。

「そうですか」

房太郎は落胆したようだが、

「それではまた布川さまにそのようにお伝えいたします。その上で、またお訪ねにあがるかも……」

と言い、引き上げて行った。

源九郎は戸惑うしかなかった。まさか、あの嵐山虎五郎との立ち合いを見ていた者に興味をもたれたとは……。

大名家の家臣だというので仕官の誘いかと思った。仕官など出来るはずもないし、する気もなかった。


その夜、源九郎がいつものように『呑兵衛』から長屋に帰った直後、腰高障子が開いて五郎丸が素早く土間に入ってきた。

源九郎は無言で迎える。

五郎丸は上がり框に腰を下ろした。

「小井戸道場を見てきました。武者窓から稽古をよく見物しているという商人ふうの男にききましたが、道場破りは知らないと言ってました。それから門弟にも声をかけましたが、やはり道場破りはなかったようです。ちなみに、嵐山虎五郎という浪人も知りませんでした」

「そうか」

源九郎は頷いた。

「ただ、ちょっと気になることが」

五郎丸は続けた。

「ひと月ほど前、神谷町《かみやちょう》にある谷田《たにだ》郷一郎《ごういちろう》剣術道場に嵐山虎五郎が現われています。道場主の谷田郷一郎と試合をして引き分けに終わったそうです。しかし、見物していた者の話では浪人のほうが圧倒していたそうです」

「金だ。立ち合いで相手を圧倒しておき、金を払えば引き分けということで引き下がると条件を出したのだろう」

「なぜ、小井戸道場ではなく、谷田道場だったのか。それとも、いずれ小井戸道場にも顔を出すつもりなのか、わかりません」

「これから現われることも考えられるな」

「なんともいえません」

「ところで、嵐山の住いはわかったか」

源九郎はきいた。

「本郷菊坂町《ほんごうきくざかまち》の夕暮れ長屋です」

「夕暮れ長屋？」

「ええ、坂の下にあってほとんど陽が射さず、いつも夕暮れのように薄暗いから、そう呼ばれているようです」

「そんなところに住んでいるのか」

「ええ。道場破りとして有名でして、すぐに住いもわかりました」

五郎丸は言ってから、

「まさか、会いにいくのじゃ？」

と、きいた。

「気になるのだ」

「そうですか。なんなら案内いたしましょうか」

「いや、ひとりでいい」

「そうですか」

五郎丸は立ち上がり、

「では」

と短く挨拶をし、外の様子を窺い、素早く土間を出て行った。


冷え冷えとした朝を迎えた。

人声に路地に出てみると、三太が来ていた。

「流さま」

三太は立ち上がって挨拶をした。

「元気そうだな」

「はい。今日からまた納豆を持ってきます」

「うむ。よかった。ひとつ、もらおう」

「へい」

三太は威勢のいい声を出した。

長屋の者も三太を囲んで納豆を求めていた。

部屋に戻って朝餉をとった。

それから一刻（二時間）後、源九郎は本郷菊坂町の夕暮れ長屋にやってきた。

木戸を入る。陽が射さず、薄暗い。ふと、目の前の腰高障子が開いて、赤子を背負った女が出てきた。

女は不審そうな目をくれた。

「嵐山虎五郎どのの住いはどこかな」

源九郎は声をかけた。

「…………」

女は黙っている。

警戒されているのかと思い、

「怪しい者ではない、嵐山どのの知り合いだ」

と、源九郎は口にした。

「奥から二番目です」

女は答えてから、

「今はいませんよ。ついさっき、出かけて行きましたから」

と、口にした。

「帰りは遅いかな」

「さあ」

「どこに行ったか、わかるか」

「さあ」

「嵐山どのは普段は何をしているのだ？」

「口入れ屋から仕事をもらっていました」

「口入れ屋か。この近くに口入れ屋はあるのか」

「本郷四丁目にある『和泉屋《いずみや》』さんです。『和泉屋』から仕事をもらっているひとはこの長屋にも何人かいますから」

「そうか。わかった。『和泉屋』に行ってみよう」

源九郎は木戸に向かった。

本郷通りに出て、本郷四丁目に向かうと、前方から髭面の浪人がやってくるのに出会った。嵐山虎五郎だ。

源九郎は嵐山の正面に向かった。相手は足を止めた。

「嵐山どの」

源九郎は声をかけた。

「あんたは……」

「ええ、先日大河原道場で手合わせをした流源九郎です」

「何か用か」

嵐山はきいた。

「嵐山どのと話がしたいと思ったのだ」

源九郎は言う。

「決着をつけたいのか」

嵐山は眦《まなじり》をつり上げて言う。

「いや。そんな気はない」

「もう道場破りはせぬ」

嵐山は言い、源九郎の脇をすり抜けようとした。

「嵐山どのの剣術は正攻法だ。いやしさ、ずるさがない。あれほどの剣客のそなたがなぜ、浪人になったのか。同じ身として、気になったのだ」

嵐山の澄んだ目を見つめて言う。

「買いかぶりだ。まともな剣客なら金目当ての道場破りなどせぬ。失礼する」

嵐山は去って行った。

その憂いに満ちた後ろ姿に、源九郎はこのまま黙って引き下がることは出来ないと思った。

第二章　仕官の誘い

一

朝から冷たい雨が降っていた。

この雨の中を訪ねてきた者がいた。

小伝馬町に店を構える鼻緒問屋『美濃屋』の番頭房太郎だ。

土間に足を踏み入れ、手拭いで濡れた着物を拭いて、

「申し訳ありません」

と、房太郎は再度訪れたことを詫びた。

「何度来られても、同じだ」

源九郎は冷たくいう。

「はい。ですが、流さまのお言葉をそのまま布川さまにお伝えしたところ、かえってお気に召されたようで……」

「…………」

「じつは、すぐ飛びついてくるようだったら興ざめしたそうですが、あっさり撥《は》ねつけたことで流さまのお人柄をいっそう信用されたようです」

「買いかぶりと仰ってくれ」

「どうか、一度布川さまにお会いいただけませんか」

「いや、会っても無駄だ、布川さまにいやな思いをさせるだけだ」

「なぜでございますか」

房太郎は不思議そうに問いかけた。

「私が布川さまから聞いた話はとても魅力的でした。流さまもきっとお喜びになられると思いました」

「拙者は今の暮らしが気に入っている。仕官以外の話であれば、お会いすることもやぶさかではないが……。布川さまにお伝えくだされ。お互いにとって、会わないほうがよろしいでしょうと」

房太郎は大きくため息をついたあとで、

「じつは、布川さまは……」

と、意を決したように言い出したが、すぐ口を閉ざした。

「わかりました。布川さまに諦めるようにお伝えします」

「そなたには申し訳ないと思っている。子どもの使いのようになってしまって」

「いえ。では、失礼します」

力なく挨拶し、房太郎は土間を出て行った。

激しい雨はまだ降り続いていた。

朝からの冷たい雨は昼過ぎに小降りになり、源九郎は番傘《ばんがさ》を差して元鳥越町の長屋を出た。

水たまりやぬかるんだ道に難渋しながら本郷通りから菊坂町に向かった。

この雨なら嵐山虎五郎は外出せずに長屋にいるだろうと思いながら、菊坂町に入り、夕暮れ長屋に着いた。

木戸を入る。庇《ひさし》から雨が垂れ、路地にも水たまりが出来ていた。

嵐山の部屋の前に立ち、腰高障子に手をかけた。

「ごめん」

戸を開け、番傘を畳んで雨滴を切って戸口に立てかけ、源九郎は土間に入った。

薄暗い部屋に嵐山が所在無げに座っていた。

「また、あんたか」

嵐山は口元を歪めた。

「どうしても嵐山どのと話がしたくてな」

源九郎は腰から刀を外し、上がり框に勝手に腰を下ろした。

嵐山は呆れたような顔をしていた。

「失礼だが、いつから浪々の身に?」

源九郎は切り出す。

「あんたには関係あるまい」

「知りたいのだ。縁あって、そなたと立ち合った。しかし、そなたは途中で闘いを中止した。その潔さに拙者は感じ入った」

「潔さではない。俺より強いと思ったからやめたのだ。逃げただけだ」

「いや、そなたの構えは正攻法だ。木剣といえど構えたら、拙者にはその者の本性が透けて見えるのだ。そなたは、あのような道場破りをするような男とは思えない」

「買いかぶりだ」

嵐山は突き放すように言う。

「道場破りはしないと言ったが」

「しない」

「江戸にはまだ道場はたくさんあろう。まだまだ、稼げると思うが」

「もうしないと約束したのだ」

嵐山は強い口調で言った。

「武士に二言はないというわけか」

「武士は捨てた身。俺より強い者がいることがわかった以上、そんな不遜な真似は出来ぬということだ」

「失礼だが、道場破りをしないとなったら、これからは何をして……」

「力仕事でも用心棒でもなんでもやる」

嵐山は強い口調になった。

「浪人が生きて行くにはなんでもやらねばならぬ。ところで、訪れた剣術道場で、師範として誘いを受けるようなことはなかったのか」

「ない。俺のようないやしい男に声をかける者などない」

嵐山はきっぱりと言う。

「いや、嵐山どのの真の姿は別にある」

「…………」

「武士は相身互いと申す」

「武士は捨てたと言ったはず」

嵐山は突き放すように言う。

「今日のところは引き上げる」

源九郎は立ち上がった。

「失礼する」

源九郎は戸を開け、外に出た。

再び、番傘を差し、来た道を戻った。


元鳥越町に近づいたころには雨は上がっていた。

『呑兵衛』はもう暖簾が出ていたが、足が汚れているので、寄らずにそのまま万年長屋に帰った。

夕餉の支度には早いが、煮物のいい匂いが漂ってきた。

どうやら、留吉の家からだ。

自分の部屋の前に立って腰高障子に手をかけたとき、奥の稲荷《いなり》の祠《ほこら》がある辺りからひとが現われた。羽織姿の年寄りだ。中肉中背で髪が薄く、額が広い。

「流さまでいらっしゃいますか」

年寄りが声をかけてきた。

「さようだが」

源九郎は答える。

「突然にお邪魔した失礼をお許しください。私は長谷川町《はせがわちょう》で建具職をしている万吉《まんきち》と申します」

万吉は頭を下げ、

「じつは、流さまにお願いの儀がございましてまかり越しました」

と、口にする。

またかと、うんざりする。

「待っていたのか」

「はい」

「拙者に頼みたいことがあるのか」

源九郎は困惑した。

「はい。どうぞ、話を聞いていただけないでしょうか」

「しかし、聞いても無駄だ。聞き入れられないと思う」

大名家家臣の布川滝之進に頼まれてやってきた鼻緒問屋『美濃屋』の番頭房太郎の願いを断ったばかりだ。

話を聞いて、また断るのも心苦しい。話を聞かないほうがいいようだ。

「悪いが、帰ってもらいたい」

源九郎は突き放すように言う。

「どうか話だけでもお聞きください」

万吉は真剣な眼差しで、

「ひとの命に関わることなので」

と、訴える。

「ひとの命だと」

穏やかではないと、源九郎は気になった。

「わかった。聞くだけは聞こう」

「ありがとうございます」

戸を開け、源九郎は万吉を中に招じた。

盥《たらい》に水を用意し、足を濯《すす》ぐまで待ってもらった。足を拭き終え源九郎は、部屋に上がってから、改めて万吉に上がり框に腰を下ろすように勧める。

「いえ、ここで」

万吉は土間に立ったまま答える。

「そうか。では、話を聞こう」

源九郎は促す。

「はい」

万吉は立ったまま、

「私は木挽町《こびきちょう》にある紙問屋『志摩屋《しまや》』に出入りをしていた職人です。先代の旦那、松《まつ》太郎《たろう》さんにはたいそう世話になりました」

と、切り出した。

「出入りをしていた？」

源九郎は聞きとがめた。

「はい。先代が亡くなったあと、『志摩屋』とは縁がなくなりました」

万吉は顔を歪めた。

「そうか。続けてくれ」

源九郎は先を促した。

「半年前の四月二十日、その『志摩屋』に押込みが入り、主人夫婦と番頭が殺され、一千両が奪われたのです」

「そんなことがあったのか」

源九郎は思わず呟く。

「はい。押込みはいまだに見つかっていません。ただ、おくにという女中頭が賊が押込んだとき、勝手口の先にある厠《かわや》に入っていたそうです。それで、厠の窓から庭を横切る賊を見て、おくには怖くて震えていたと」

万吉は一歩前に出て、

「しばらくして、賊のひとりが厠のほうにやってきた。見つかるかと思っていたら、賊は途中で引き返していったということです。その間、生きた心地はしなかったと言ってました」

万吉は息を継ぎ、

「主人夫婦の子どもはまだ幼く、亡くなった主人の弟の竹次郎《たけじろう》さんが後見人になり、実質主人として『志摩屋』を切り盛りしています」

万吉は顔をしかめ、

「竹次郎さんの代になってから、お店の雰囲気はすっかり変わってしまいました。というのも、お店に出入りの大工、畳屋などの職人、野菜売り、小間物屋などの行商人とすべて縁を切り、新たに自分が懇意にしている職人や行商人を出入りさせるようになったのです。そういうわけで、私は『志摩屋』とは関係ありません」

万吉は憤然と言う。

「なぜ、竹次郎はそんな真似をしたのだ？」

「わかりません。お店での先代の痕跡を消したかったのか……。女中のおくにもしばらくして辞めたようです。いや、辞めさせられたのでしょう」

万吉は吐き捨てるように言ってから、

「奉行所も火盗改《かとうあらため》も押込みの手掛かりも摑めぬまま半年経ってしまいました。ところが、先日、おくには両国橋である男を見かけたのです。広い肩幅に怒り肩の遊び人ふうの若い男です。そのとき、あっと気づいたそうです。賊のひとりだと……」

「賊のひとり」

「はい。厠に近づいてきて途中で引き返していった賊のひとりの後ろ姿を見ていました。そのときは恐怖からすっかり忘れていたそうですが、先日、両国橋で広い肩幅に怒り肩の若い男を見て、厠の中から見ていたことを思いだしたというのです」

万吉は少し興奮して、

「それから、おくにはその男を捜すために毎日、歩き回っているのです。旦那や内儀《おかみ》さんを殺した賊が許せないそうです」

万吉は前かがみになり、

「お願いというのは、おくにの用心棒になっていただけないかと思いまして」

と、訴えた。

「何か危険なことでも?」

「賊の男を捜して盛り場にも足を踏み入れると、いろいろな男に声をかけられ、しつこく付きまとわれるそうです」

「確かに、女がひとりで踏み込める場所ではないな」

「はい。それに、賊のひとりを見つけだし、その男を問い質そうとしたら、かえって身に危険が及ぶはずです」

万吉は縋《すが》るように、

「流さま。いずれにしてもおくにひとりでは無理です。相手に、おくにが『志摩屋』の女中頭をしていたと知られたら殺されてしまいましょう。どうか、おくにに手を貸していただけませんか」

と、訴えた。

「しかし、賊を見つけたら、奉行所に任せるのが筋ではないのか」

源九郎は口にする。

「じつは、岡っ引きの親分さんに相談したところ、広い肩幅に怒り肩の若い男だけでは、押込みの一味だと決めつけられない、もっと、他に確たる証がなければだめだと言われたそうです」

「そうか」

「でも、おくには自分の勘を信じているのです。だから、男を捜し、押込みの証を見つけだすと……」

「そこまで思い込んでいるのか」

「はい」

「しかし、怒り肩の男を見つけても、当然しらを切るだろう。押込み一味の証を見つけるのは難しい話だ」

「そうですが……」

万吉は俯いた。

「まあいい。ともかく、おくにに会ってみよう。話はそれからだ」

「会っていただけますか」

万吉はほっとしたようにため息をつき、

「ありがとうございます」

と、深々と頭を下げた。

「ところで、ひとつききたい」

源九郎は口に出した。

「はい」

「なぜ、拙者のところに来たのだ？　どうして拙者のことを知ったのか」

源九郎は訝ってきいた。

「佐賀町の大河原道場で、流さまは道場破りを闘わずして追い払ったそうではございませんか」

「誰からきいたのだ？」

「おくにさんが、その噂を耳にして私に相談にきたのです。流さまなら信頼できそうだから、頼んでくれないかと」

また、大河原道場の件か、と源九郎は驚いた。

大名家家臣の布川滝之進は直に武者窓から見ていたようだが、同じ見物人の中にはそのときの様子をあちこちで話している者がいるのかもしれない。

「それで、私が流さまのことを調べまして、こうしてお願いに」

「おくにのことは、『志摩屋』に出入りをしていたころから知っていたのか」

「いえ、私は覚えていませんが、おくには私のことをよく知っていました。というのは、私は亡くなった旦那とはよく将棋を指していました。そのとき、おくにがよくお茶を運んできてくれたそうです。私と旦那の仲を知っていて、私を頼ってきたようです」

「そういうことか」

「では、明日、よろしくお願いいたします」

明日の会う場所を決めて、万吉は引き上げた。

どうも自分はよけいなことに首を突っ込み過ぎるようだと、源九郎は自嘲した。

二

雨は昨日の夕方には止んでいたが、今日も朝から曇っていた。昨日の朝から降り続いた雨のせいか、神田川の水嵩は増していた。

立ち並ぶ柳も葉を落として柳原の土手は寒々としていた。

岡っ引きの市兵衛《いちべえ》は手下とともに新シ橋近くの土手に立ち、死体があった川っぷちを見ていた。市兵衛は四十歳。渋い顔だちだが、獲物を捉える猛禽《もうきん》のような鋭い目をしている。

死体が見つかったのは三日前の朝だが、死んだのはその前夜だ。腹部と脾腹《ひばら》に刃物で刺された深い傷があった。

殺されていたのは神田相生町《あいおいちょう》にある『紅屋《べにや》』という小間物屋の主人で栄助《えいすけ》という三十歳の男だ。

辺りに争ったあとはなかった。物取りや行きずりでの喧嘩ではない。

事件の夜、栄助は誰かとここまで歩いてきて、いきなり襲われたのではないかと、市兵衛は想像している。

『紅屋』の内儀と奉公人は、栄助は夜になって店を閉めてからすぐ行き先を言わずに出かけたと言っている。誰かに、会いに行ったのだ。約束があったのか。相手は不明だ。

栄助とその人物はどこかで落ち合い、いっしょに新シ橋を渡った。そして、いきなりその人物が栄助を匕首で刺した。

栄助が店を出たのは暮六つ（午後六時）過ぎ。その頃はまだ新シ橋を行き来する者も多くいたはずだ。

しかし、栄助とその人物は新シ橋を渡ってすぐ土手を浅草橋のほうに折れた。そこでの犯行なら誰にも気づかれなかったかもしれない。

あるいは、栄助は約束の相手に会っての帰り、五つ（午後八時）か五つ半（午後九時）ごろ、顔見知りの人物といっしょに新シ橋までやってきて襲われた。そのころだと、人通りもなくなるはずだ。

南町奉行所定町廻り同心石川鉄太郎《いしかわてつたろう》の見方は後者だ。

しかし、その栄助の周辺から怪しい人物は浮かんでこなかった。

内儀のおまさは半年ほど前まで、神田明神の境内にある料理屋で女中をしていた。額が広く、目鼻だちの整った顔をしていて客にはかなり人気があった。そのおまさを栄助が口説きおとし、所帯を持った。

そして、ふたりで小間物屋の『紅屋』をはじめたのだ。

当初、市兵衛が目をつけたのはおまさの客だ。おまさ目当ての客は何人もいた。栄助におまさをとられた男が恨みからと考え、当時のおまさの客をすべて調べた。だが、みな違った。

探索は振り出しに戻った。

「親分、何を見ているんですかえ」

手下がきいた。

「栄助はここまである人物と一緒に歩いてきたのは間違いないが、行きか帰りか。行きだとしたらいったいふたりはどこで待ち合わせたのか」

市兵衛は言う。

「そうですね。栄助の店は神田相生町。ここから、そう離れていませんね」

手下は首を傾げ、

「橋が待ち合わせの場所というなら和泉橋のほうが神田相生町に近いですぜ」

と、口にする。

「そうだ。だから、夜にこんなところで待ち合わせるとは思えない。誰にも知られてはならない秘密の相手だとしたら、もっと遠くで会うのではないか」

「そうですね」

手下が頷いた。

「行くぞ」

市兵衛はふいに橋に向かった。

あわてて手下がついてくる。

「親分、どうしたんですかえ」

「『紅屋』に行ってみる」

市兵衛は新シ橋を渡り、すぐ左に折れ、神田川沿いを和泉橋まで行き、そこから右に曲がり、神田松永町《まつながちょう》の角を左に入った。

松永町の隣が神田相生町で、市兵衛は相生町の中ほどにある小間物屋『紅屋』にやってきた。

『紅屋』の大戸は閉まったままだ。

潜り戸を入り、市兵衛は中に呼びかけた。

奉公人の若い男が出てきた。

「これは親分さん」

「内儀はいるか」

「今、出かけています。近くですので、直《すぐ》に戻ってきますが」

奉公人は答える。

「いや、おまえさんでいい」

市兵衛は言ってから、

「もう一度ききたいんだが、栄助が出かけることを、前もって聞いていたのか。それとも急だったのか」

と、きいた。

「何か思いだしたように、出かけるからと」

「やはり急にか」

「そう言われれば、急だったかもしれません」

「何がきっかけかわからないか。たとえば、誰かが呼びに来たとか」

「いえ、それはありません」

奉公人ははっきり言い、

「ただ、お客さんが引き上げたあと、ほどなく出かけると」

と、続けた。

「客?」

「はい。店を閉める間際に、男のお客がやってきて店の品物を見ていました。結局、そのお客は何も買わずに出て行ったのですが」

「その客が帰ったあと、すぐ出かけたのか」

市兵衛は確かめる。

「そうです」

「どんな男だ？」

「どこかの商家の手代らしい三十前の小肥りの男です」

「はじめての客か」

「はい」

「栄助はその客と会ったのか」

「はい。閉めようとしていたところなので、旦那も店にいました」

「その客と栄助は何か言葉を交わしたか」

「いえ、交わしていません」

　奉公人は答えた。

　しかし、その手代らしい男と栄助は顔見知りだったのではないか。栄助はその男を見て、呼出しだとわかり、すぐに外出した。

　栄助は男のあとを追って新シ橋に向かったのではないか。そう考えれば、栄助が新シ橋の近くで殺された理由が説明がつく。

　いずれにしろ、栄助には世間に付き合いを隠している相手がいたのだ。

「この店は開店したのは五か月前だったな？」

市兵衛は確かめる。

「はい。五月半ばでしたから」

「栄助はそれまでどこで何をしていたのだ？」

「どこかの商家に奉公していたと聞いていますが、どこかは知りません」

「知らないというのはきかなかったからか。それとも、きいても教えてくれなかったからか」

市兵衛は執拗にきいた。

「きかなかったからです」

「そうか」

「あっ、内儀さん」

奉公人が叫んだ。

潜り戸から二十五、六歳の女が入ってきた。栄助の妻女のおまさだ。

「親分さん」

おまさが声を発した。

「ちょうどよかった。ちょっときききたいのだが」

市兵衛は切り出した。

「なんでしょう？」

「栄助はこの店をはじめる前は何をしていたんだね」

「どこかの商家に奉公していたそうです」

「どこか知っているか」

「いえ。知りません」

「知らないのか」

市兵衛は疑わしくきいた。

「はい。ただ、池之端仲町《いけのはたなかちよう》にある商家だというだけ」

「その商家の名を、栄助は言おうとしなかったのか。それともきかなかったのか」

「言おうとしませんでした」

「おまえさんと栄助は料理屋で知り合ったと言っていたな」

「はい。お客さんでした」

おまさは神田明神境内にある料理屋『柳家』の女中だった。そこに客として通っていた栄助と親しくなり、栄助が店を開くに合わせて所帯を持ったということだった。

「客としてやってきていたときも、奉公先の店の名前は言わなかったのか」

「ええ、ただ商家に奉公しているとだけ」

「どこの商家かは気にならなかったのか」

「ええ。名の知られた商家ではないなら、聞いてもわかりませんから。それに」

おまさは大きく息を吐き、

「いつまでも奉公しているつもりはない。いずれ独り立ちすると、いつも言ってましたから」

「それを信用したのだな」

「はい」

「今年の五月に、栄助はこの店を持ったのだな。店を持つ元手はどう調達したのか聞いているか」

市兵衛は気になることをきいた。

「一生懸命に働いてこつこつ貯めたお金があると言ってました」

奉公人の身で、それほどの金が貯まるのか。市兵衛は疑問を持った。

「誰か、金を出してくれる人物がいた様子はないか」

「さあ」

おまさは首を傾げる。

「この店をはじめる前に、おまえさんは栄助と所帯を持ったのだな」

「そうです」

「商売はどうだったのか。順調に行っていたのか」

「…………」

「どうなんだ？」

市兵衛はもう一度きく。

「なかなか思うようには……」

おまさは呟くように言う。

「儲《もう》けはなかったのか」

「はい」

「そのことで、栄助は焦ったりしていなかったのか」

「心配するなと。俺に任せておけばいいからと」

「なるほど」

市兵衛は何かが見えてきた気がし、

「どうやら、栄助には秘密がありそうだ。そう感じたことはないか」

と、おまさにきいた。

「確かに、私にも言わないことがあったようです。でも、それは誰もが持っている隠し事程度に思っていましたが」

「栄助が出かけたときのことだが」

市兵衛は間を置いて、

「店を閉める間際に、男のお客がやってきたそうだな。その客が帰ったあと、栄助は出かけたということだが?」

と、奉公人から聞いたことを口にした。

「そう言えば、そうでした」

おまさも思いだしたように言った。

「その客の顔を覚えているか」

「いえ、私は顔を見ていません。ただ、小肥りだったというだけ」

「栄助が親しく付き合っていた男のことだが、他にいないか」

「いえ、この前、親分さんに話したひとたちだけです」

すでに栄助の知り合いを聞いていたが、そこから手掛かりは得られなかった。

「それは昨今の付き合いだ。そうではなく、以前からの知り合いで、今は付き合いのない男はいないか」

「今付き合いのないひとですか」

おまさは首を傾げた。

「最初から、『柳家』に栄助はひとりで来たのか」

「いえ、確か連れが……」

おまさは思いだすように言う。

「どんな連れだ？」

「商家の主人らしいひとといっしょでした」

おまさは口にした。

「それはいつごろだ？」

「四月ごろだったかもしれません」

「四月か。で、その後は？」

「そのひとは来ません」

「栄助はその男に連れてこられたらあとはひとりで来るようになったのか」

市兵衛は確かめた。

「そうです。頻繁に来るようになりました」

「もちろん、おまえさん目当てだったのだな」

「はい。その熱心さにほだされて。なにしろしつこくて、根負けして……」

おまさはあからさまに言う。

「根負けして、栄助と所帯を持つ気になったのか」

「そうですね」

「ちょっと気になっていたんだが」

市兵衛は口調を変え、

「おまえさん、亭主の栄助が死んだというのに、あまり悲しんでいないように思えるのだが?」

と、きいた。

「そんなことありませんよ。でも、すぐ気持ちの整理がつきましたから」

おまさは平然と言う。

「気持ちの整理って言うが、まだ殺されて四日しか経っていないが」

「へんですか」

おまさは逆にきいた。

「ひょっとして、おまえさんには他に好きな男がいるのではないのか」

「いませんよ」

おまさはむきになって言い、

「親分さん。じつは、私は小間物屋に向いていないんです」

と、言い訳のように言った。

「どういうことだ?」

「いつ来るかわからないお客さんを待っているのが退屈なんです。だから、私は呑み屋をやりたいと、うちのひとに言ったら反対されて」

「ちょっと待て。俺がきいているのはそんなことではない。まだ四日しか経っていないのに、気持ちの整理が……」

「わかっています。ですから、小間物屋をやめ、呑み屋をはじめようと思い立ったのです。そうしたら、うちのひとがいなくなった悲しみが和らいで」

「たった四日でか」

市兵衛は呆れ返った。

「おまさ、はっきり言うのだ。栄助と所帯をもった一番のわけはなんだ?」

市兵衛は語気を強めた。

「…………」

「隠し事をしていると、おまえさんに疑いがかかる。それでもいいのか」

「親分さん、言います」

おまさは真顔になって、

「じつは、私には借金があったんです。病気のおっかさんの薬代などのために金貸しからお金を借りて」

「いくらだ？」

「利子も含め、十両」

「十両か、なるほど、栄助がそれを肩代わりしてくれるということで？」

「はい」

やはり、おまさは栄助のことを本気で好いていたわけではないようだ。

「だから、悲しみはあまりないのだな」

「そんなことありませんけど」

おまさは目を伏せて言う。

「金を借りた相手は？」

「米沢町《よねざわちょう》にある金貸しの平蔵さんからです」

「金貸しの平蔵か」

「はい」

「他に隠していることはないか」

「ありません。あっ、ただ」

おまさは思いだしたように、

「親分さん。ほんとう言いますと、うちのひとがなんだか怖くなってきたんです」

と、言い出した。

「怖いだと？　おまえに暴力でも揮《ふる》うのか」

「そうじゃありません」

おまさは言いよどんだが、

「これを言うと、また親分さんに、なんて女だという顔をされてしまうでしょうが」

と、妙にしおらしく言う。

「なんだ、言ってみろ」

「うちのひと、ときたま夜中にうなされるんです。それも、ひどいうめき声をあげて。驚いて揺り起こすんですが、汗をびっしょりかいていて。それが何度も。それでだんだん、薄気味悪くなってきて」

「なぜ、薄気味悪いのだ？」

「うなされて何か喚《わめ》いているんです。助けてくれとか……。昔、何かしたんじゃないかって思ったら急に怖くなって」

「何かとは?」

「わかりませんけど、ひと様から恨まれるようなことです」

「うむ」

市兵衛は思わず唸った。

そのことと今回の事件が繋がっているような気がした。やはり、栄助の過去が問題なのだ。

「『柳家』に栄助を連れてきた商家の主人らしい男の名はわからないか」

と、きいた。

「わかりません」

「その男ははじめてではないだろうな」

「ええ。以前に一度来たことがあるようなことを話していました」

「女将なら知っているかな」

市兵衛は期待した。

「どうでしょうか」

「ともかく、女将に確かめてみよう」

「親分さん。早く、下手人をとっ捕まえてくださいな」

おまさはとってつけたように言う。

「その男の特徴を教えてもらおうか」

「はい。歳は三十二、三。細面で……。そうそう、尖った顎の先に黒子《ほくろ》があったような……」

「細面で尖った顎の先に黒子か。よく思いだしてくれた。また何か思いだしたことがあったら、俺に知らせるんだ。いいな」

「はい」

市兵衛はおまさに言いつけて引き上げた。

外に出ると、ようやく青空が広がり、陽が射していた。

三

弱々しい陽差しを浴びて、源九郎は日本橋川にかかる江戸橋の袂《たもと》に立っていた。

日本橋のほうに魚河岸があるが、昼を過ぎ、魚河岸の賑《にぎ》わいは終わっていた。

江戸橋の袂から伊勢町堀が延びていて、堀の周囲は商家の蔵が並んでいる。堀に船が入り、蔵の桟橋につけて荷を運んでいた。

源九郎は朝のうちに木挽町まで行き、紙問屋『志摩屋』を見てきた。

向かいの商家の番頭から押込みの話を聞いた。万吉が言うように、主人夫婦と番頭が殺された。たいへんな騒ぎだったと、番頭は興奮して話した。今は亡くなった主人の弟が『志摩屋』の主人になっているのも万吉の言うとおりだった。

万吉と女が江戸橋を渡ってきた。源九郎は迎えるように前に出た。

ふたりは近づいてきて、源九郎の前で立ち止まった。

「流さま、きのうお話をしたおくにです」

万吉に続いて、おくにが挨拶をした。

「くにです。このたびはお聞き入れくださりありがとうございます」

女中頭だったというので、もう少し歳はいっているかと思ったが、おくには二十七、八。細身で、目鼻だちの整った顔をしている。

「流源九郎だ。大まかな話は聞いた。だが、引き受けるかどうかは、話を聞いてからだ」

源九郎は冷静に言う。

「わかりました」

おくには改めて頭を下げた。

女中頭をしていただけあって、物言いもはっきりし、てきぱきしている。

「流さま。私はこれで失礼させていただきます。どうか、よろしく」

万吉が声をかけた。

「うむ」

源九郎は応じる。

「万吉さん、ありがとうございました」

おくにが万吉に礼を言った。

「あまり、無理をしないようにな」

万吉は言い、源九郎に頭を下げて引き上げて行った。

「場所を変えよう」

源九郎は人気のない蔵の脇に入り、堀のそばで立ち止まった。

「押込みに入られ、その後、『志摩屋』はどうしているのだ?」

源九郎は『志摩屋』について調べたことは隠してきいた。

「はい。子どもが小さいので、殺された旦那さまの弟が後見人として入り、『志摩屋』を続けています」

おくには答える。

「子どもは幾つだ？」

「十歳です。二十歳になったら『志摩屋』を継ぐということで、それまでは旦那さまの弟が……」

おくには答えた。

「そなたは、なぜ『志摩屋』をやめたのだ？」

「それは……」

おくには言いよどんだ。

「どうした？」

「新しい旦那にうとまれて……」

「何かあったのか」

「ちょっと」

「まあいい。で、そなたは今は何をしているのだ？」

「料理屋で働くつもりで、長谷川町の裏長屋に部屋を借りました。そうしたら、押込みの一味と出会ったので、どうしても旦那さまの仇をとりたいと思い、料理屋で働くのを十日ほど延ばしてもらいました」

「たつきは大丈夫なのか」

「『志摩屋』で働いていたときの貯えが少しありますので」

「わかった」

おくにの事情がわかったあとで、

「で、押込み一味と思われる男のことだが」

と、源九郎は本題に入った。

「はい。押込みがあったとき、私はたまたま厠に入っていたのです。庭にたくさんのひとの足音がして驚いて窓から見たら黒装束の賊が目に入りました。私は足が竦んで動けなくなって……」

そのときの恐怖が蘇ったのか、おくには身を一瞬震わせて、

「それからしばらくして、悲鳴が……。私はもう怖くてがたがた震えて。そしたら、厠のほうに近づいてくる足音がしたんです。もう生きた心地はしなくて。そのうち、足音が離れていきました。それで、窓から覗いたんです。そしたら、広い肩幅に怒り肩の男の背中が見えました」

と、訴えるように話した。

「広い肩幅に怒り肩だったのは間違いないのか」

「ありません」

「押込みがあった直後、そのことを町方同心には？」

源九郎は確かめる。

「話していません。どういうわけか、あのときはすっかり忘れていたのです。それが、つい先日、両国広小路を歩いていたら目の前を広い肩幅に怒り肩の若い男が歩いていたのです。それで、あのときのことを思いだしたんです」

「しかし、広い肩幅に怒り肩の若い男は世に何人もいよう」

源九郎は疑問を口にする。

「はい。でも、とても印象に残っていたのです。あの男に間違いありません」

おくにはむきになって言う。

しかし、源九郎はそこまで言い切れるか疑問だった。

「お力を貸していただけましたら」

おくには縋るように言う。

「力になりたいが、拙者は押込みかどうかを決めつけることは出来ぬ。ただ、そなたが、安心して、その男を捜し出すための力になろう」

「それで結構でございます。ただ、あまり多くお出し出来ないのですが」

「金のことなら気にすることはない。そなたが無理なく出せる範囲で決めればよい」

源九郎は言ってから、

「その男を見つけたらどうするつもりだ？」

と、きいた。

「そのときは、また改めて流さまにご相談を。まずは、その男を見つけだしたいのです」

「わかった。まずは男を捜そう」

「ありがとうございます」

おくには頭を下げてから、

「さっそく、捜しに行きたいのですが」

と、訴えた。

「当てがあるのか」

「はい。私が見かけた男は両国橋を渡って、さらに竪川《たてかわ》にかかる二ノ橋を渡って行きました。でも、弥勒寺《みろくじ》の前で参詣客が多くてその中に紛れ込んでしまい、見失ってしまいました。急いで、小名木川《おなぎ》まで駆けたのですが、姿は見つかりませんでした。私は北森下町《きたもりしたちょう》辺りに住んでいるのではないかとみています」

おくには自信に満ちた声で言う。

「よし。そなたは、ひとりで先に立って歩き回るのだ。いっしょに動くのは目立つ。心配はいらない。拙者は、少し離れてついていく」

「はい。そのようにいたします」

おくには真剣な眼差しで応じた。


四半刻（三十分）後、源九郎はおくにのあとに続いて竪川にかかる二ノ橋を渡った。おくには行き交う男たちをさりげなく見て行く。一度、怒り肩の男とすれ違ったが、肩幅が違うのか、おくには反応を示さなかった。

弥勒寺の山門は参詣客の出入りが多い。

弥勒寺橋を渡り、北森下町に差しかかった。おくには町中に入って行く。小商いの店が建ち並ぶ目抜き通りを、おくには周囲に目を配りながら行く。

果たして、このようなことで目的が達せられるのかと疑問に思うが、おくには信じて行動に移しているのだ。

世話になった主人夫婦と番頭の仇を討ちたいという熱い思いに突き動かされている。その思いには応えてやりたいと思っている。

そのおくにの情熱は天に通じるかもしれない。そのことに、源九郎は期待をしていた。

隣の北六間堀町《きたろっけんぼりちょう》、さらに南《みなみ》六間堀町、そして南森下町、常盤町《ときわちょう》など小名木川に出るまでの町をすべて歩いた。

そして、木戸番の番太郎や小商いの店の奉公人、行商人、さらには遊び人ふうの男にも声をかけ、怒り肩の男を知らないかときいてまわっていた。

夕暮れてきて、おくには小名木川にかかる高橋の袂にやってきて立ち止まった。疲れたのか、川っぷちで腰をおろした。

源九郎は少し離れたところから様子を窺った。西の空が紅く染まっている。もう引き上げたほうがよさそうだ。そう思ったとき、遊び人ふうの男がふたり、おくにに近づいて行く。

源九郎は身構えた。

遊び人ふうの男がおくにに何か言っている。おくには立ち上がって首を横に振った。しかし、男たちはしつこく何かを言っている。ひとりはいかつい顔、もうひとりはのっぺりとした顔をしている。

おくにが男たちから逃れるように橋に向かった。男はおいかけ、先回りをして立ちふさがった。おくには遊び人ふうの男に挟み打ちにされた。

源九郎は近寄る。

「案内するって言っているんだ」

いかつい顔の男がおくにの手をつかんだ。

「やめて」

おくには男の手を払う。

「おまえたち、何をしているのだ」

源九郎が声をかけた。

どきっとしたように、ふたりが顔を向けた。いずれも、三十前後だ。

「なんでもありませんぜ」

いかつい顔の男が言う。

「いやがっているではないか」

源九郎はあくまでもおくにとは他人を装った。

「この女が捜しているって男に心当たりがあるんで、案内してやろうとしているんですよ」

もうひとりののっぺりとした顔の男が言う。

「嘘です」

おくにが叫ぶ。

「最初きいたとき、知らないと言ったじゃないですか」

「あとで思いだしたのさ。さあ、案内するぜ」

いかつい顔の男がおくにの手をつかもうとした。

「よせ」

源九郎は鋭く言う。

「どこかに連れ込んで悪さをするつもりではないのか」

「俺たちは親切で言っているんだ」

「よし、俺もついていこう。構わんだろう」

源九郎は微笑《ほほえ》んで言う。

「冗談じゃねえ」

「冗談ではない。本気だ。それとも、俺が付いて行っては困ることでもあるのか」

「なんだと」

のっぺりした顔の男がいきり立ち、

「お侍さん、よけいな口出しはよしてくれねえか。じゃねえと」

と、懐に手をやった。

「どうすると言うのだ?」

「この野郎」

のっぺりとした顔の男は匕首を抜き、いきなり斬りつけてきた。

源九郎は身を翻し、男の手首に手刀を打ち付けた。

「いてえ」

悲鳴を上げて、男は匕首を落とした。

いかつい顔の男が懐に手を突っ込んだので、

「やめとけ」

と、源九郎は一喝した。

男は懐から手だけを出して後退《あとずさ》った。

のっぺりした顔の男は手首を押さえながら逃げだそうとした。

「待て。忘れ物だ」

「覚えていろ」

男は匕首を拾い、ふたりで逃げて行った。

「すみません。ひとりで歩いていると、あのような男がよく現われて」

おくには礼を言う。

「きょうはもう引き上げよう」

「仲町のほうを歩いてみたいんですけど。夜になると、料理屋とか女郎屋に足を向けるかもしれません」

「無理しないほうがいい」

「でも、行きます」

おくにはきっぱりと言った。

「わかった」

源九郎は従った。


夜の帳《とばり》がおりていた。深川七場所と呼ばれる遊里の中でもっとも高級な仲町にやってきた。娼妓を抱えている子供屋や格式のある揚屋も並んでいる。

そぞろ歩く遊客に、おくには鋭い目を向けている。

おくにの考えに、源九郎は気づいていた。自分の目で目指す男を見つけようとしているのではない。誰彼となく声をかけていけば、その噂が怒り肩の男の耳に入るだろう。すると、自分を捜すわけを問い質すために、怒り肩の男はおくにに近づいてくるかもしれない。

おくにはそれを狙っているのだ。

だから、用心棒が必要なのだ。

おくにが永代寺《えいたいじ》のほうに歩いていく。いつの間にか遊び人ふうの男が現われ、おくにのあとをつけ出した。

おくにが門前を行きすぎようとしたとき、男が小走りになって、おくにに迫った。

源九郎も足早になった。

男が声をかけたようで、おくにが振り返った。

男が何ごとか話しかけている。源九郎は立ち止まって様子を窺った。おくにが何か言っている。

やがて、男はそのまま先に歩いて行った。

おくにが源九郎のところに向かってくる。源九郎は踵を返し、人気のない油堀のそばまで行った。

遅れて、おくにがやってきた。

「あの男が何か」

源九郎はきいた。

「はい。広い肩幅に怒り肩の若い男を知っていると教えてくれたのです」

「なぜ、今の男はそなたのことを知っていたのだ？」

「私がその特徴の男を捜していると、人伝《ひとづ》てに聞いたそうです」

「人伝てにか」

源九郎は呟き、

「で、男はなんと？」

「今のひとは梅吉《うめきち》さんと仰るそうですが、広い肩幅に怒り肩の若い男を捜しているそうだが、どういう関係なんだときかれました。それで、私の友達がその男に騙されてと説明したら、その男とは賭場でよく会うと言ってました」

「賭場？」

「小名木川沿いにある大坪和泉守《おおつぼいずみのかみ》さまの下屋敷で賭場が開かれているそうです。そこに、ときたま顔を出すそうです。名は清次《せいじ》だと」

「なぜ、梅吉はそのことをわざわざ教えようとしたのだ？　何か狙いが？」

「お金です」

「金？」

「はい。謝礼をくれれば、清次のあとをつけて住いを調べてやってもいいと」

「それで、どうしたのだ？」

「信用出来るかわからないので、謝礼なんか出せないと言ったんです。そしたら、今夜、俺は賭場に行く。清次が来たら、あとをつけてやろうと思ったが、と舌打ちして行ってしまいました」

「それは賢明だったかもしれない」

「ただ、清次という名だと訴え、自分も梅吉と名乗っているので、ひょっとしたらほんとうかもという思いも……」

「梅吉も広い肩幅に怒り肩の若い男の仲間かもしれぬ。そなたが、なぜ捜しているのかを確かめようと近づいたとも考えられる」

「…………」

「ともかく、今夜は引き上げよう」

源九郎が言うと、おくには真剣な眼差しで、

「流さま」

と、口にし、

「広い肩幅に怒り肩の若い男が賭場に出入りをしていることはほんとうなのでは……」

おくには未練がましく言う。

「気になるのか」

「半信半疑ですが、でも……」

「大坪和泉守さまの下屋敷賭場を見張るつもりか」

源九郎は眉根を寄せた。

「はい」

「下屋敷を見張っていても、清次がいつ賭場に出入りをするかわからない。今夜必ず現われるという確証があるならいいが、そうでなければ徒労に終わる。いや、またもそなたに魔の手が迫るかもしれない」

梅吉という男はおくにをわざと人気のない場所に誘《おび》き出すために賭場の話をしたのかもしれない。

「でも、せっかくの手掛かりですから」

「急いては目先のことが見えなくなる。その賭場のことは拙者が調べてみる。ともかく、今夜は引き上げよう」

「……」

おくには不満げに何か言いたそうだった。

「どうした？」

「いえ」

「では、行こう」

源九郎はおくにをなんとかなだめ、永代橋に向かった。

四

その日の夜五つ（午後八時）過ぎ、市兵衛は改めて神田明神境内にある料理屋『柳家』にやってきた。

帰りの客を乗せた駕籠が門を出て行く。それを見送って、市兵衛と手下は門を入った。

昼間、神田相生町の『紅屋』からまっすぐ『柳家』に行き、女将におまさと栄助とのことをきいた。

やはり、おまさは借金があって、栄助が肩代わりしてくれたことに恩義を感じ、請われるまま所帯を持ったのだと、女将も話した。

そして、はじめて栄助を『柳家』に連れてきた男のことを訊ねると、女将は少し考えてから、夜にまた来てくれないかと言った。思いだせそうで思いだせない。大福帳を調べておくと言うので、改めて出直したのだ。

「親分さん、昼間は失礼しました」

出てきた女将は市兵衛に頭を下げた。

「で、わかったか」

市兵衛はきいた。

「はい。栄助さんを連れてきたのは、『伊勢屋《いせや》』の主人で松太郎というひとです」

「大福帳にそこまで記すのか」

「客の名簿を作っています。そこにお客さまの特徴を書き込んでいます」

「なるほど。それを見れば、栄助を連れてきた客の名はすぐわかるというわけだな」

「はい」

「『伊勢屋』の商売は?」

「袋物屋だそうです」

「場所は?」

「本郷とだけ聞いています」

「本郷にある袋物屋の『伊勢屋』の主人松太郎か」

市兵衛は確かめる。

「そうです」

「で、松太郎は栄助といっしょにきたあと、顔を出していないのか」

「はい。それきりです」

女将は不安そうな顔で答え、

「そのひとが何か」

と、きいた。

「栄助のことを調べている。その松太郎なら何か知っているのではないかと思ってな」

「そうですか」

女将は少し考え込むような顔をした。

「何か」

市兵衛はきいた。

「ええ、じつは」

女将は慎重な口振りで、

「おまさは、松太郎さんのことを歳は三十二、三。細面で尖った顎の先に黒子がある
と言ったということですね」

と、確かめるようにきいた。

「そうだ」

「変です」

「変？　何が変なのだ？」

「ええ。私が覚えている松太郎さんは歳こそ合っているものの、顔の特徴が違います。松太郎さんは四角い顔で、黒子は右眉の横にありました」

女将は言う。

「妙だな。なぜ、ふたりの言うことが食い違っているのだ？」

市兵衛は不思議に思った。

「たぶん、おまさは他の誰かと勘違いしているのではないでしょうか。私は何度か顔を合わせていますが、おまさは松太郎さんとは一度しか会っていないはずですから」

「おまさの勘違いか」

「はい」

「松太郎は、どういうわけで栄助を連れてきたのだろうな」

市兵衛は女将の考えをきいた。

「さあ」

「松太郎は『伊勢屋』の主人、栄助は池之端仲町の商家に奉公していたということだ。

両者の結びつきは何が考えられるか」

「栄助さんは『伊勢屋』のお得意先の商家に奉公していたのでは？」

女将は想像を口にした。

「ふたりの様子はどうだった？」

「ふたりとも楽しく呑んでいらっしゃったように覚えています」

「何か深い話があったわけではないようなのだな」

「ずっとおまさがついていましたから、大事な話合いではなかったと思います」

「栄助の奉公先の店の名は聞いていないのだな」

「はい。お店の名はおまさにも話していないのです。ただ、池之端仲町にある商家だというだけでした」

女将ははっきり言う。

「じつは、きょうの昼間、池之端仲町にある商家を片っ端から調べてみたが、栄助という番頭や手代は見つからなかったのだ」

「池之端仲町にある商家に奉公していたというのは嘘だったということですか」

「まだ、全部の商家を当たったわけではないが……」

市兵衛はそう言ったあとで、

「ひょっとして、栄助の奉公先が『伊勢屋』ということはないか。つまり、松太郎は自分の店の奉公人を連れてきたと」

と、疑問を口にした。

「でも、そうでしたら、何も隠す必要はないと思いますが」

「うむ」

市兵衛は首をひねったが、

「ところで、栄助はおまさの借金の肩代わりをしたそうだが、栄助によくそれだけの金があったな」

と、不審に思っていたことをきいた。

「ええ、私も驚きました。それだけ、おまさに夢中だったのでしょうが、十両の借金を引き受けるなんて……」

「それだけじゃねえ、店も同時にはじめている。元手はこつこつ貯めた金だそうだが、奉公で、そんなに金が貯まるとは思えねえ」

市兵衛は改めて金に注目した。

ひょっとして、金の出どころは松太郎ではないか。栄助は松太郎に頼まれて何かをした。その報酬としてまとまった金を手にした……。

いったい、何をしたのか。

そう思ったとき、おまさの言葉を思いだした。

「うちのひと、ときたま夜中にうなされるんです。それも、ひどいうめき声をあげて。驚いて揺り起こすんですが、汗をびっしょりかいていて。それが何度も。それでだんだん、薄気味悪くなってきて」

このことが関係あるのかないのか。

「女将」

市兵衛は改まって声をかけた。

「松太郎と名乗った男を見かけることがあったら、俺に知らせるんだ。いいな」

「はい。承知しました」

女将は畏まって答えた。


翌日の朝、市兵衛は手下のふたりを本郷に行かせ、袋物屋の『伊勢屋』を捜させた。

市兵衛はひとりで神田相生町の『紅屋』に行き、おまさに会った。

「昨夜、『柳家』の女将から話を聞いたが、栄助を連れて『柳家』にやってきたのは本郷にある袋物屋『伊勢屋』の主人松太郎だと言っていた」

市兵衛は切り出した。

「………………」

おまさはきょとんとした顔をした。

「どうした？」

「女将さんがそう仰ったのですか」

「そうだ。どうかしたか」

市兵衛は訝った。

「ええ。あの当時、女将さんも知らないと仰っていたので」

「知らない？」

「ええ、きいても教えてくれなかったと言ってました。ただ、商家の主人ということと名前だけは聞いたと」

「名前は聞いたと、女将は言ったのだな」

「ええ。でも、松太郎という名ではありませんでした」

「なんという名だ？」

「それがよく思いだせないんです。お座敷では、女将さんは旦那と呼んでいただけです」

「女将は、客のことを台帳に記すそうだ。そこには、本郷の袋物屋『伊勢屋』の主人松太郎と書いてあったということだが」

「そうですか」

おまさは首を傾げた。

「おまえさんの勘違いということはないか」

「いえ、……ないと思います」

おまさは自信なげに言う。

「その男の特徴だが、細面で、尖った顎の先に黒子があったようだと言っていたな」

「はい」

「しかし、女将は四角い顔で、右眉の横に黒子があったと言っている」

「…………」

おまさは首をひねった。

「どうだ?」

「そう言われると自信をなくしてしまいますが、四角い顔で、右眉の横に黒子があったということはありません」

おまさは言い切った。

「女将のほうが間違っていると？」

「よくわかりませんけど、四角い顔ではありませんでした」

「言い切れるか」

市兵衛は強い口調できく。

「ええ……」

おまさは不安そうに答える。

「女将は台帳に記してあるのを見て、そう言ったのだ」

市兵衛はくびをひねりながら、

「名簿に記すときに間違ったのか」

と思ったが、そのときあることに気づいた。

名簿があるなら、昨日の昼ごろに訪れたとき、なぜ夜までに調べておくと言ったのか。名簿を見れば、すぐわかることをなぜ、夜まで返事を引き延ばしたのか。

そうだとしたら、その狙いは何か。

「四角い顔で、右眉の横に黒子がある男を知っているか」

市兵衛はおまさにきいた。

「いえ」

「『柳家』の客で、そういう男に心当たりは？」

「ありません」

おまさの言うことが事実なら、女将は嘘をついたことになる。居もしない男を作り上げたのだ。

なぜか。

「女将の言う松太郎、つまり栄助を連れてきた男は、その後、『柳家』に現われていないのだな」

「ええ、私がやめるまで見かけたことはありません。私がやめたあとに、また顔を出したかもしれませんが」

「やめたあとに？」

その言葉に、市兵衛はある示唆を受けた。

その後、松太郎は『柳家』にやってくるようになったのではないか。どういう経緯かわからないが、今では『柳家』の常連客になっていた……。

そう考えたとき、昨日昼間訪ねたとき、夜までに客の名簿を調べておくと言ったわけがわかるような気がした。

女将はその男に相談に行ったのではないか。その結果、架空の人物を創り出した。

女将を問い質しても正直に答えるとは思えない。

市兵衛は『紅屋』を出て、米沢町にある金貸しの平蔵の家に向かった。

二階建て長屋の中程の軒下に、銭の絵が描かれた木札が下がっていた。

市兵衛は戸を開ける。正面の帳場格子《ちょうばごうし》に四十歳ぐらいの達磨《だるま》のような丸い体つきの男が座っていた。番頭の欣三《きんぞう》だ。

「これは親分さん」

欣三は丸い目で見ている。

「ちょっとききたいのだが、半年ほど前、おまさという料理屋の女中がここから金を借りていたそうだな」

「御用の筋ですか」

欣三は慎重になった。

「そうだ。殺しの探索だ」

「わかりました。おまさでしたね」

欣三は大福帳を広げ、一枚ずつめくっていく。

やがて、手を止めた。

「はい。確かに金を貸しました」

「借金はいくらだ？」

「十五両です」

「十五両？　十両と聞いたが」

市兵衛はきき返す。

「利子が嵩みましてね。なにしろ、返済期限が来ても返さないので」

「で、その借金はどうなった？」

「はい、返済いただきました」

「誰にだ？」

「えっと」

欣三は大福帳に目を落とし、

「栄助というひとが返済にきました」

と、顔を上げて言った。

「栄助が十五両をいっぺんに返済したのか」

「さようで」

「栄助はそんなに金を持っていそうな男だったか」

「着ているものもそんな上等なものではないし、金を持っているようには思えませんでしたが、惜しげもなく十五両を懐からぽんと」

「そうか。なぜ、栄助はそんなに懐具合がよかったのか」

市兵衛は思わず呟いた。

「親分さん、栄助さんに何か疑いが？」

欣三は不思議そうにきいた。

「栄助は五日前に新シ橋の近くで殺された」

「殺された？　あの男が殺されたのですかえ」

欣三は眉根を寄せ、

「下手人はまだで？」

と、きいた。

「まだだ。それで栄助のことを調べているんだ。栄助はなぜ金回りがいいのか。そのことが殺しと関係があるかもしれねえ」

市兵衛は言ってから、

「栄助のことで何か気づいたことはなかったか。なんでもいい」

「そうですね」

「栄助はどこかの商家の奉公人らしいが、そんな話はしていなかったか」

「奉公人ですって。それにしちゃ、言葉づかいに品がありませんでしたね」

「品がない？」

「ええ。言葉づかいが乱暴で、客を相手にしている男には思えませんでした」

「番頭とか手代とかには見えないということか」

「ええ、まあ」

「なるほど」

市兵衛はまたもある示唆を受けた。

「邪魔をした」

市兵衛は勇んで戸口に向かったが、ふと引き返し、

「念のためにきいておきたい。『伊勢屋』の松太郎という男を知らないか」

と、きいた。

「いえ」

「そうか」

市兵衛は改めて戸口に向かった。

五

源九郎は金貸しの平蔵の家の前に立った。

戸を開けようとしたとき、いきなり中から開いて、縞の羽織を着て、着物を尻端折りした男が出てきた。

新シ橋近くの殺しの現場にいた岡っ引きだ。

「おっと、すまねえ」

岡っ引きが言い、そのまますれ違って去って行った。

源九郎は土間に入った。

「これは流さま」

欣三は声をかけた。

「今のは岡っ引きだな。何かあったのか」

源九郎はきいた。

「市兵衛親分です。私どもに借金の返済をした男が殺されたそうで、その男のことできききにきたのです」

「どこで殺されたのだ？」

「新シ橋の近くだそうです」

「やはり、そうか」

源九郎は呟く。

「流さま、ご存じなんですか」

「まあな」

源九郎は曖昧に言い、

「で、殺されたのは誰なんだ？」

と、きいた。

「栄助という男です。今年の五月に、神田明神境内にある『柳家』という料理屋のおまさという女中の借金十五両を肩代わりして返済に来たんです。その男が殺されたそうです」

欣三は息継ぎをし、

「市兵衛親分は、十五両の金をあっさり返済した栄助に何か秘密を感じ取ったんじゃないですか」

と、付け加えた。

「なるほど」

自分が最初に亡骸を見つけただけに、この殺しのことは気になっていた。

「それから、『伊勢屋』の松太郎という男を知らないかと、きかれました」

「『伊勢屋』の松太郎？」

松太郎という名にひっかかりを覚えた。たしか、押込みに入られて殺された『志摩屋』の主人も松太郎という名だった。

同じ名はたくさんあるから偶然だろうが、栄助と松太郎がふたりとも殺されていることが気になった。

「ひょっとして、心当たりがおありで？」

欣三が源九郎の顔を見つめてきいた。

「いや、似たような名前を聞いたことがあるが……、別人のようだ」

源九郎は否定した。

「そうですか。流さま」

欣三が声をかけ、

「旦那は今、外出しています。もうそろそろ帰ってくるころだと思いますが」

と、告げた。

「ちょっとききたいことがあったのだ」

「なんでしょう。私でわかることでしたら」

「いや、取り立て屋の三人に、賭場のことをききたいのだ」

平蔵のところには借金の取り立て屋が三人いる。ごろつきだ。この三人は賭場のことに詳しいだろうと勝手に思っただけだ。

「賭場ですかえ」

欣三は不思議そうな顔をした。

「今、いないのか」

「ええ、旦那といっしょに」

「取り立てか」

源九郎は思わず顔をしかめた。

「流さま。ご心配はいりません。取り立ての相手は堅気ではありません。平気で嘘をつく男で、まともな奴ではありませんから」

堅気の衆に強引な真似はするなと、源九郎は平蔵に釘を刺していた。その代わり、借金を踏み倒そうとする卑劣な相手には、場合によっては源九郎も取り立ての助けをするという暗黙の約束が出来ていた。

「流さま、賭場に何か」

欣三がきいた。

「小名木川沿いにある大坪和泉守さまの下屋敷で賭場が開かれているそうだが、知っているか」

「いえ」

欣三は首を横に振った。

そこに戸が開いて、平蔵が帰ってきた。

「これは流さま」

平蔵は近付き、

「先日はありがとうございました。大河原先生も喜んでおられました」

と、道場破りのことを口にした。

「なんとか無事に済んだが、おかげで来訪者がふたりきた」

源九郎は苦笑した。

「どうしても流さまの住いを教えてくれと仰られて。流さまにとっていいお話のようでしたので」

平蔵はいい訳をし、

「ところで、今日は何か」

と、きいた。

「じつは、お三方に、大坪和泉守さまの下屋敷の賭場を知っているか、ききたくてな」

源九郎は平蔵といっしょに帰ってきた三人の取り立て屋に顔を向けた。

「その賭場なら知ってますぜ」

四角い偏平な顔の男が答えた。

「行ったことはあるのか」

「ええ。三人ともありますぜ」

「最近はいつ行った？」

「あっしは一昨日」

瘦身の頰に傷がある男が前に出て言う。

「その賭場に、広い肩幅に怒り肩の遊び人ふうの若い男が出入りをしているらしい。名は清次という。見かけたことはないか」

「清次ですか」

頰に傷のある男が首を横に振った。

「あっしも見かけたことはありませんね」

大柄な男も口にした。

「梅吉という男を知っているか」

「いえ」

三人とも知らないと言った。

もっとも、三人が見かけたことがないからといって、清次という男が賭場に現われていないということにはならない。たまたまかち合わなかっただけかもしれない。

「今度、その賭場に行くことがあったら、清次という広い肩幅に怒り肩の遊び人ふうの若い男が顔を出しているか、気をつけていてくれぬか」

源九郎は三人に頼んだ。

「わかりました」

三人は同時に答えた。

源九郎が引き上げようとすると、平蔵が呼び止めた。

「流さま」

「何か」

「先日の件での御礼がまだです」

「そんなものはいらん」

「それでは私の気も済みません」

平蔵は言い、

「近々、一献お付き合い願えますか」

と、誘った。

「そんな気を遣わずともよい。では」

源九郎は平蔵の家を出た。

米沢町から浅草御門を抜け、元鳥越町の万年長屋に帰った。

木戸の横に、四十半ばぐらいの武士が立っていた。源九郎はその武士の脇を通って木戸を入ろうとしたとき、

「もし」

と、声をかけられた。

源九郎は立ち止まって顔を向けた。

「流源九郎どのでございますな」

武士がきいてきた。

「流です」

面長で、優しい眼差しの武士に気品のようなものがあり、源九郎は丁寧に応じた。

「拙者は西国のある大名家に仕える布川滝之進と申します」

「布川さま」

小伝馬町に店を構える鼻緒問屋『美濃屋』の番頭房太郎が話していた武士だ。

「お話を聞いていただきたく、失礼を顧みずに押しかけました。ご容赦を」

布川は頭を下げた。

「わかりました。どうぞ」

源九郎は先に長屋木戸を入り、自分の部屋に向かった。

腰高障子を開け、布川を土間に入れる。

布川は刀を腰から外し、源九郎が勧めるままに部屋に上がり、向かい合った。

布川は部屋の中を見回し、

「ここにはいつから？」

と、きいた。

「四か月になります」

「失礼ですが、藩をやめたわけは？」

「いろいろありまして」

源九郎は答え、

「私はもうどこにも仕官する気はありません」

と、機先を制するように口にした。

「…………」

布川は一瞬目を閉じたが、気を取り直したように目を開け、

「拙者は西国の猿掛《さるかけ》藩原島《はらしま》家の江戸詰の家臣でござる。馬廻役《うままわりやく》を務めております」

猿掛藩原島家は七万石の大名だと言う。

「藩主原島播磨守《はりまのかみ》は武芸に通じ、武勇に優れたものを重用……」

「布川さま」

源九郎は相手の言葉を遮った。

「今、申し上げましたように、私はもう仕官をしないと決めています。ですから、お話をお伺いしても」

「流どの。どうか、拙者の話を最後までお聞きくだされ。その上で、ご返事を」

布川は手を突き、頭を下げた。

「どうか、そのような真似は……」

源九郎は手を差し出して言う。

「話を最後までお聞きくださるか」

「聞いても私の返事はいっしょです。それでも、よろしければ」

「構わない」

布川は言って続けた。

「じつは拙者には娘がおり、今十九歳です。親の私が言うのもなんですが、藩でも評判の器量良しでござる」

「………」

「しかし、美人であるがゆえに、困った事態に」

布川は顔をしかめ、

「嫁に欲しいとの申し込みがいくつもあり、それが上役からがほとんどでして。ご家老や次席家老さまからもあり、どなたを選んでも禍根を残しそうで、決めることは出来ません。もちろん、娘の気持ちを第一に考えたとしても、断られたほうは根に持つかもしれない。そう思うと、みなお断りする以外になかったのです」

布川はため息をつき、

「こうなると、娘の婿は藩の外から見つけるしかありません。そう思っていたところ、たまたま下屋敷からの帰り、大河原道場で流どのの立ち合いを見て感銘したのです。

流どのが娘の婿になってくれたらと」

思いがけぬ話に、源九郎は戸惑うしかなかった。

「なぜ、私なのでしょう。婿にふさわしい御仁はたくさんおられると思いますが」

源九郎はやんわり断る。

「いや、拙者が気に入ったのだ」

布川はむきになって言う。

「しかし、どこの馬の骨とも知れぬ浪人を婿にすることを、殿さまがお許しになるのでしょうか」

「拙者が選んだ者であれば反対はされません。それに、剣の達人であることがわかれば許可がおります」

布川は自信満々に言った。

「なぜ、剣にこだわるのですか」

「我が殿は武勇に優れたものを重用していると申しましたが、昨今、家臣の間に緩みのようなものが出ていて真剣に武芸に精進するものが少なくなってきた。このことを、殿は嘆いておられるのです」

「…………」

なぜ、家臣の間に緩みがときこうとしたが、源九郎はあえて口をはさまなかった。

「そういうわけで、流どののような剣客は大歓迎なのです」

「しかし、剣客が仕官したとしても、家臣の間に緩みがなくなるわけではないと思いますが」

源九郎は疑問を口にした。

「…………」

「何かおありでは？」

源九郎は布川が何かを隠しているような気がした。

「じつは、真剣に武芸をするものがいなくなってきたわけは、ひとえに藩の剣術指南役の姿勢に問題があるのです」

布川は口元を歪め、

「今の剣術指南役は国家老の縁戚の者で、それをよいことに剣術の稽古より毎晩のように夜の巷《ちまた》に出かけて遊び耽《ふけ》っている。誰も注意が出来ないのです。殿も国家老に遠慮があり、はっきり言えないのです」

「ひょっとして、私と剣術指南役を立ち合わせるおつもりでは？」

「…………」

布川は返事に詰まったが、

「流どの。正直に言いましょう。拙者の娘婿が剣術指南役を倒してくれたら、それこそ藩のため。もちろん拙者にとっては名誉を……」

布川は最後は声が小さくなった。

「布川さま」

源九郎は改めて断りを入れようとしたが、

「お待ちくだされ」

と、布川が手を開いて制した。

「今、お返事をいただこうとは思いません。また、参ります。どうか、じっくりお考えくだされ」

そう言い、布川は腰を上げた。

源九郎は重たい気持ちで路地に出て、長屋木戸までいっしょに行き、引き上げて行く布川を見送った。

その背中に老いのようなものが漂っていた。

第三章　押込みの仲間

一

　翌朝、源九郎はたすき掛けをし、着物を尻端折りして、米の磨ぎ汁に、褌と襦袢を抱えて井戸端に向かった。

　留吉のかみさんが洗濯していた。

「流さん、こっちに貸して」

「いや、たまには自分でやる」

「いいからさ」

　留吉のかみさんは褌と襦袢に手を伸ばした。

「すまない」

源九郎は言葉に甘えて部屋に戻った。

しばらくして、腰高障子が開いた。

「ごめんなさいな」

縞の羽織を着て、着物を尻端折りした男が土間に入ってきた。渋い顔だちだが、獲物を捉える猛禽のような鋭い目をしている。

岡っ引きの市兵衛だ。

「流源九郎さまですね」

「そうだ」

源九郎は上がり框まで出て腰を下ろした。

「あっしは南町の旦那から手札をもらっている市兵衛と申します」

丁寧に挨拶する間も、市兵衛の鋭い目は源九郎の顔に当てられたままだ。

「金貸しの平蔵のところで市兵衛親分とはすれ違ったが」

源九郎は訝しく言う。

「じつはそうなんです。金貸しの平蔵のところに聞き込みに行き、いったん引き上げたんですが、もう一度確かめることがあって平蔵のところに行ったんです」

市兵衛は話し始めた。

「すると、番頭の欣三が、流さまの話をしたんです。松太郎という名の男を知っているようだと」

「確かに松太郎という名を聞いたことがある。ただし、『伊勢屋』ではない。だから、同じ名前の別人であろう」

源九郎は答える。

「じつは『伊勢屋』の松太郎という男は存在しないんです」

「存在しない？」

「ええ、本郷の『伊勢屋』だということでしたが……」

「出鱈目《でたらめ》だったわけか。だったら、名前もいい加減ではないのか」

「確かに、そうかもしれません。でも、知り合いの名を騙《かた》ったとも考えられます。どんな些細なことでも気になったら調べてみたくなるものでして」

市兵衛は鋭い口調になり、

「流さまのご存じの松太郎はどこの誰か教えていただけませんか」

と、迫るようにきいた。

「その前に」

源九郎は口を入れた。

「どうして、『伊勢屋』の松太郎の名が浮上したのか、教えてもらえぬか」

「それは……」

市兵衛は戸惑い顔になった。

「親分、じつは新シ橋から川っぷちに死体があるのを、私も見ていたのだ」

源九郎はふたりの職人といっしょに死体を発見したときの話をした。

「だから、この殺しのことは気になっていた」

市兵衛はしばらく源九郎の顔を見つめていたが、

「そうですか」

と、頷いた。

「わかりました。お話ししましょう」

市兵衛は切り出した。

「殺されたのは神田相生町にある『紅屋』という小間物屋の主人で栄助という三十歳の男です。辺りに争ったあとはなかったことから、物取りや行きずりでの喧嘩ではない。栄助は誰かとそこまで歩いてきて、いきなり襲われたのではないかと、あっしは想像しています。つまり、顔見知りの犯行です」

市兵衛は息継ぎをして続ける。

「しかし、その栄助の周辺から怪しい人物は浮かんできません。内儀のおまさは半年ほど前まで、神田明神の境内にある料理屋で女中をしていた。栄助が口説きおとし、所帯を持ち、ふたりで小間物屋の『紅屋』をはじめたのです」

源九郎は黙って聞いていた。

「あっしが目をつけたのはおまさの客です。おまさ目当ての客は何人もいた。栄助におまさをとられた男が恨みからと考え、当時のおまさの客をすべて調べた。だが、みな違っていました」

市兵衛は顔をしかめ、

「次に目をつけたのが栄助の過去です。『紅屋』をはじめたのは五か月前。それ以前、栄助が何をやっていたのか、誰も知らないのです。おまさの話では池之端仲町にある商家に奉公していたということでしたが、調べた限りではそのような事実はありませんでした」

市兵衛は大きく深呼吸をした。

「それで、おまさと栄助が知り合った料理屋に目を向けました。おまさは料理屋『柳家』の女中でした。そこに客として通っていた栄助と親しくなったのです。栄助は最初は商家の旦那に連れられてやってきたそうです」

市兵衛は続ける。

「それで、『柳家』の女将を問い質したところ、栄助といっしょにきた男は、本郷にある袋物屋の『伊勢屋』の主人松太郎だと口にしたのです。しかし、そのような男は存在しませんでした」

市兵衛は首を横に振ったが、

「ところが、流さまが『伊勢屋』の松太郎の名を聞いて不審そうな顔をしたというので気になったのです。単なる同じ名というだけでそんな顔をしまいと。何かあるのではないかと思いましてね」

と、源九郎を改めて見つめた。

「さすが、親分だ」

源九郎は市兵衛の洞察に感心した。

「親分の言うとおりだ。ふつうなら、同じ名前の人物としか思わなかっただろう。私が知っているのは『志摩屋』の主人の松太郎だ」

「『志摩屋』の松太郎ですかえ」

「うむ。親分は『志摩屋』の松太郎と聞いて何か思いつかないか」

源九郎は逆にきいた。

「『志摩屋』の松太郎……」

市兵衛はもう一度呟く。

「木挽町にある紙問屋『志摩屋』の主人が松太郎だ。半年前、『志摩屋』に押込みが入り、主人の松太郎は殺された」

あっ、と市兵衛は声を上げた。

「あの『志摩屋』の……」

「栄助も殺されて、松太郎も殺されていた。だから、気になっただけだ」

源九郎は言う。

「あっしは縄張り外ですから『志摩屋』の押込みには関わっちゃいませんが、そのことは聞いています」

市兵衛は続けた。

「『柳家』に『伊勢屋』の松太郎と栄助が現われたのも半年前、『志摩屋』に押込みが入った時期と重なりますね」

「そういうことになるな」

源九郎も頷き、

「『志摩屋』の今の主人は松太郎の弟の竹次郎だそうだ」

と、告げた。

「流さまは、どうしてそこまでご存じなのですかえ」

市兵衛の目が鈍く光った。

「じつは、おくにという『志摩屋』の女中頭が賊が押込んだとき、勝手口の先にある厠に入っていて、厠の窓から賊のひとりの後ろ姿を見ていたそうだ。広い肩幅に怒り肩だったと」

「広い肩幅に怒り肩……。町方には訴えたんですかえ」

市兵衛はきいた。

「あとから思いだしたので、話してみたそうだが、あとからでは、確たる証もなしには信用してもらえなかったようだ」

「あとからというのはどういうことなんで？」

「先日、おくには両国橋で広い肩幅に怒り肩の若い男が目に留まり、厠の中から見た男だと確信したというのだ」

「なんですって」

「それから、おくにはその男を捜すために毎日、歩き回っている。旦那や内儀さんを殺した賊が許せないそうだ。頼まれて、私はおくにの用心棒をしている」

「そういうわけですかえ」

「『志摩屋』は竹次郎の代になってから、お店に出入りの大工、畳屋などの職人、野菜売り、小間物屋などの行商人とすべて縁を切り、新たに自分が懇意にしている職人や行商人を出入りさせるようになった。女中頭のおくにも辞めさせられた。だから、おくには今の『志摩屋』には思い入れはないが、先代の主人夫婦には恩義があるからと」

「おくにの気持ちはわかりますが、広い肩幅に怒り肩の若い男なんて、たくさんいるでしょう」

「そうだが、本人はそう思い込んでいる」

「それだけでは、奉行所も動きようもありませんぜ」

市兵衛は首を横に振った。

「そのとおりだ。だが、おくにの狙いは、向こうから接触してくることにあるのだ」

「向こうから接触？」

「おくには盛り場など方々で、広い肩幅に怒り肩の若い男についてききまわっている。そのことを耳にしたら、不審に思って男はおくにに近づいてくるのではないかと期待している」

「誘き出そうとしているわけですか」

市兵衛は呆れたように言う。

「そうだ」

「危険だ」

「だから、私を用心棒に雇ったのだ」

源九郎は言った。

「もし、そのことで何かあったら教えていただけませんか。押込みの探索をしている同心や岡っ引きにすぐ知らせますので」

「わかった」

「じゃあ、長々と失礼しました。だいぶ、参考になりました」

市兵衛は洋々と引き上げて行った。


市兵衛と入れ代わるように、おくにが戸を開けた。

「流さま」

声をかけ、土間に入ってきた。

「どうした、何かあったのか」

源九郎はきいた。

「ええ」

おくには頷き、

「今、岡っ引きが出ていきましたが……」

と、不安そうにきいた。

「別の件で聞き込みにきたのだ。気にせんでもよい」

「何でしょうか」

おくには執拗にきいた。

「まあ。ここに座りなさい」

源九郎は上がり框を示した。

「失礼します」

おくには上がり框に腰を下ろした。

「数日前、新シ橋の近くで殺しがあった。そのことで」

源九郎は言ったあとで、おくにもまんざら関わりがないわけではないと思いなおした。『志摩屋』の松太郎のことを聞いたのもおくに絡みだ。

源九郎は改めて『伊勢屋』の松太郎と名乗った男と殺された栄助のことを考えてみ

た。ふたりが料理屋『柳家』に現われたのは半年ほど前。『志摩屋』に押込みが入ったのはその前後だ。

「おくにさん」

源九郎は話題を変えるために呼びかけた。

「はい」

「栄助という三十歳ぐらいの男を知らないか」

「栄助ですか」

「先代の『志摩屋』の松太郎と親しくしていたかもしれない」

源九郎は想像を口にした。

「いえ、知りません」

「その名を聞いたことも?」

「ありません」

「そうか」

「栄助というひとは何者なのですか」

「神田相生町にある『紅屋』という小間物屋の主人だ。この男が新シ橋の近くで殺されていた」

「まあ」

おくには顔をしかめた。

「知らなければ、それでいい」

『伊勢屋』の松太郎と名乗った男のことについてはおくにに言う必要はないと思った。

「それより、おくにさんのほうで何か」

源九郎はきいた。

「はい」

おくには興奮して、

「昨夜梅吉さんがやってきたんです、昨日も賭場に現われたので、清次のあとをつけた。居場所を見つけたと言ってきたんです」

と、口にした。

「梅吉はどうして、そなたの住いを知っていたのだ?」

源九郎は疑問を口にした。

「じつはぽろりと、長谷川町に住んでいると」

「話したのか」

「はい」

おくには小さくなった。

迂闊《うかつ》だと思った。梅吉がどんな人物かわからないのだ。

「それで？」

源九郎は先を促した。

「はい。今日の夕方に、清次の住いまで案内すると」

「なぜ、夕方なのだ？　清次は出かけている可能性がある。賭場に出入りしている男だ。夕方におとなしく住いにいるかどうかわからない」

「夕方にいったん外出先から帰っていると」

おくには訴える。

「梅吉を信用しているのか」

「わかりません。でも、手掛かりはそれしかないので」

おくには上がり框に手をつき、

「お願いです。ごいっしょしてください」

と、頭を下げた。

「仕方ない。どこで待ち合わせか」

「はい。夕七つ半（午後五時）に、両国回向院の山門で。そこから、案内してくれるそうです」

「よし。おくにさんは梅吉といっしょに私に関係なく出発するのだ。私はあとから気づかれないようについていく」

「ほんとうに？」

「大丈夫だ。心配するな」

「はい」

おくには立ち上がり、

「それでは、夕七つ半に、両国回向院の山門に行きますので」

と言い、引き上げて行った。

僅か数日で、梅吉が広い肩幅に怒り肩の男の住いまで見つけだしたとは俄かに信じられない。

源九郎は刀を抜き、目釘を調べた。

二

冬の弱い陽差しが翳《かげ》り出してきた。

源九郎は米沢町にある金貸しの平蔵の家に寄った。

帳場格子の前に座っていた番頭の欣三が、

「流さま」

と、声をかけた。

「賭場の件ですが、やはり、清次という広い肩幅に怒り肩の男は出入りしていないそうです。取り立て屋のひとりが、流さまにそう伝えてくれと」

「そうか。やはり、清次なんていなかったか」

源九郎は厳しい顔で頷き、

「三人によろしく言ってくれ」

と、踵を返した。

「あっ、流さま」

あわてて欣三が呼び止めた。

「市兵衛親分は流さまのところに行きましたかえ」

「うむ。来た」

「申し訳ありません。つい、流さまのことを話してしまって。市兵衛親分に食い下がられて」

欣三は言い訳をして頭を下げた。

「なに、たいしたことではない。気にするな」

「ご迷惑をかけたのではないかと思って……」

「いや。かえって、市兵衛親分と話が出来てよかったと思っている」

「そうですか。安心しました」

源九郎は平蔵の家を出た。

源九郎は両国橋を渡った。冬の日は短く、もう辺りは薄暗くなっていた。橋を行き交う人びとも足早で、なんとなく忙《せわ》しい。

やはり、梅吉は嘘をついている。梅吉は広い肩幅に怒り肩の男の仲間だ。つまり、押込みの一味だ。

おくにを誘き出して殺すつもりか。源九郎は足早になって橋を渡った。

回向院の裏門から入り、山門に向かった。

山門の横に、おくにの姿が見えた。源九郎は安心させるようにおくにの目に入るところまで近づいた。

まだ、梅吉はやってきていないようだ。

源九郎は再び遠ざかった。

西の空が紅く染まっている。参道に梅吉らしき男が現われた。

おくにが山門から出て、梅吉の前に出た。

ふたりは何か囁き、それから梅吉が境内に入り、裏門に向かった。おくにも歩きだした。源九郎はついて行く。

裏門を出て、竪川沿いを東に向かった。

三ノ橋の袂を過ぎ、大横川を渡り、四ノ橋の袂も越える。

亀戸《かめいど》村に入った。月は雲間に隠れ、辺りはますます暗くなった。家々の明かりがぽつんぽつんと灯っている。佐竹右京大夫《さたけうきょうのだいぶ》の下屋敷を見ながらさらに奥に向かうと、畑の中に一軒の百姓家が見えてきた。

ふたりはそこに向かった。

梅吉はさっさと歩いて行く。おくにも遅れまいと足を急がせている。

ふたりは戸口の前で立ち止まった。

中に入ってはまずい。おくにの身を守れない。

梅吉が戸を開けたとき、源九郎は飛び出した。

「待て」

梅吉が顔を向けた。別に驚いたようでもなかった。

「ついてきていたんですね。ここに清次がいるんですよ」

「嘘だ」

源九郎は一喝し、

「おぬしは押込みの仲間か」

と、迫った。

「何を言うんですかえ。あっしは、おくにさんのために、賭場に出入りをしている広い肩幅に怒り肩の若い男の居場所を……」

「大坪和泉守さまの下屋敷の賭場に出入りをしている知り合いがいる。その者が言うには、清次という男は出入りしてないということだ」

「………」

「おくにさん、こっちに来るのだ」

源九郎は唖然としているおくにに声をかけた。

おくにはよろけるように源九郎の背後に移った。

「梅吉、ここでおくにさんを始末するつもりだったのか」

源九郎は迫る。

「お侍さんがついてくることは計算済みでしてね」

梅吉は含み笑いをした。

「中に、仲間がいるのだな」

そのとき、戸が開いて、数人の頬被りをした男たちと覆面の侍が出てきた。全部で五人だ。

「押込みの仲間か、清次らしい男はいないようだな」

源九郎は頬被りの男たちを見回した。

「清次はおかしらといっしょだ。流さまですね。よけいな真似をしなすった。流さまにも死んでもらうしかありません」

梅吉は不敵に笑った。

「おぬしたちに俺が倒せると思っているのか」

「流さまの腕は十分に承知しています。ですから、おかしらは強力な助っ人を頼みました。旦那」

梅吉は覆面の侍に声をかけた。

覆面の侍は無言で源九郎の前に出てきた。

「流さまより強そうなお侍さんを雇ったんですよ」

梅吉は言う。

「ひとつ、聞かせてもらいたい。広い肩幅に怒り肩の男は、ほんとうに仲間にいるのか」

「おりますよ。さあ、旦那、やってください。女はあっしが始末をつけますから」

梅吉は促した。

覆面の侍は抜刀した。

大柄でたくましい体つきだった。正眼に構えたが、剣は微動だにせず、隙はない。確かに腕は立つようだ。それに落ち着いている。軽く倒せる相手ではなさそうだ。

「かなり出来ると見た。ならば、拙者も心して立ち合うことになる。そなたが真剣に立ち向かってくれれば、我が身を守るためにもそなたを斬ることになろう」

源九郎は忠告した。

「いらぬ心配だ」

くぐもった声で、侍は言う。

「仕方ない」

源九郎は鯉口を切り、刀の柄《つか》に手をかけた。

いきなり、相手が突進してきた。上段から振り下ろされた相手の剣を源九郎は刀の鎬《しのぎ》で受け止めた。鍔《つば》迫《ぜ》り合いから、両者は離れて後方に下がった。

再び、相手は正眼に構え、源九郎も同じに構えた。

相手はじりじり間合いを詰めてきた。源九郎は動かない。相手はなおも迫る。斬り合いの間に入った刹那、相手が再び上段から斬り込んできた。

源九郎も腰を落として相手に向かった。剣と剣がぶつかった。火花が飛んだ。何度か切り結んだあとで、源九郎は刀を引いて後退った。

相手はその場で、三度《みたび》正眼に構えた。

だが、源九郎は剣先をだらりと下げたまま、相手を見ていた。相手は動かない。

やがて、相手の体が揺れた。

「旦那、どうしたんだ?」

梅吉が声をかけた。

他の連中も唖然としていた。

激しい剣の応酬の中で、源九郎の剣が侍の胴を斬ったことに誰も気づかなかったようだ。侍自身も自分がいつ斬られたのかわからなかったかもしれない。それほど、源九郎の剣は素早かったのだ。

覆面の侍の脾腹から血が滲んできた。と、同時にその場にくずおれた。

「旦那」

梅吉が叫んだ。

「早く医者に見せれば助かる。すぐ連れて行くのだ」

源九郎は命じる。

「心配には及ばねえ。それより」

梅吉は冷めた声で、

「後ろを見ろ」

と、言い放った。

おくにが悲鳴を上げた。

振り向くと、おくにが男たちに捕まっていた。

「流さま」

梅吉がにやつきながら、

「油断でしたね。このお侍と立ち合っている間、おくには無防備でしたぜ」

と、口にする。

「さあ。まず、刀を捨ててもらいましょう。さもないと」

ひとりの男が、匕首をおくにの首に当てた。

おくにがうめき声を上げ、

「流さま」

と、か細い声を出した。

「私に構わず、このひとたちをやっつけて」

「黙れ」

梅吉は叫び、

「さあ、流さん。どうなさいますか。刀を捨てるか、おくにの喉に匕首を突き刺すか」

源九郎は追い詰められた。

この危機を脱する手立てを考えながら、

「わかった」

と、源九郎は腰を落とし、刀を地べたに静かに置いた。

そして、立ち上がったとき、気づかれぬように小石を摑んでいた。

「刀を捨てた。おくにを放してもらおう」

「まだだ。おい」

梅吉は言い、仲間のひとりに声をかけた。

その男が縄を持って源九郎のそばにやってきた。

「手を後ろに」

後ろ手に縛るつもりか。

源九郎は手を後ろにまわした。男が縄を源九郎の手首にかけた。

その間もおくにを捕まえている男の様子を窺っていた。男はおくにを抑えている手を緩めたようだ。

縄が両手にかかろうとしたとき、源九郎は男を振り払い、おくにを捕まえている男の眉間目掛けて小石を投げた。

うっと、男が叫んでよろけた。もうひとりの男が目を見開いた。

源九郎はおくにのもとに駆け寄り、そばにいる男を蹴散らし、おくにを助けた。

「おのれ」

梅吉が悔しそうに叫ぶ。

そのとき、かなたから提灯《ちようちん》の明かりが近づいてきた。

「退け」

梅吉が声をかけると、仲間はいっせいに闇に消えた。

源九郎は刀を拾い、提灯の主がやってくるのを待ったが、途中で道を変えていった。

近くの百姓が帰ってきたのか、それとも佐竹右京大夫の下屋敷の見回りか。

「大丈夫か」

源九郎はおくにの顔を見た。

「はい」

雲間から月が顔を出し、おくにの顔を照らした。強張った表情だ。かなり衝撃が大きかったようだ。

「帰ろう。歩けるか」

源九郎はいたわる。

「だいじょうぶです」

おくには気丈に言う。

「ちょっと待て」

源九郎はさっき斬った覆面の侍を捜した。だが、どこにもいない。仲間が連れ去ったらしい。

源九郎は賊が潜んでいた百姓家に足を踏み入れた。

暗い屋内にかび臭いにおいがした。雨戸を開け、月明かりを部屋に入れた。板敷きの間も土に汚れ、ひとの住んでいた形跡はなかった。

やはり、押込みの連中の隠れ家ではなかった。おくにを誘き出し、始末するために利用したに違いない。

源九郎はおくにとともに亀戸村から引き上げた。

途中、おくには一言も喋らなかった。

が、両国橋を渡り切ったとき、突然おくにが口を開いた。

「押込みの仲間なんですね」

「さっきの連中か」

源九郎はきく。

「はい」

「わからない」

「えっ？」

「梅吉という男は仲間かもしれぬが、覆面の侍や他の四人は押込みの一味かどうか」

「どういうことですか」

おくには立ち止まってきいた。

「あの場におかしらがいなかった。それに、肝心の広い肩幅に怒り肩の男も姿を見せなかった。なぜ、いっしょにいなかったのか」

源九郎は疑問を呈した。

「さっきの連中だけで、流さまを倒せると思ったのではないでしょうか」

「うむ」

源九郎はそうかもしれないと思った。

覆面の侍の腕前にはかなり期待していたようだ。万が一、侍が敗れたら、すかさず残りの四人で、おくにを人質にして源九郎を倒すという計画だったのだろう。だが、それも失敗に終わった。

それだけでは、詰めが甘いと言わざるを得ない。

もしや、と源九郎は気づいた。

源九郎がおくにを助け出したとき、提灯の明かりが近づいてきた。それで、梅吉は退却命令を出したが……。

提灯の明かりが近づいてこなかったら、おかしらや件《くだん》の広い肩幅に怒り肩の男たちが別の作戦で襲いかかってきたのではなかったか。

あの近くに、他にも誰かがいたのだ。気配はしなかったが、覆面の侍がいなくなっていたことでもわかる。

「あの提灯の明かりで助かったのかもしれない」

源九郎は今、自分が考えたことを話した。

「まあ」

おくには息を呑んだ。

「そうだとしたら、奴らのほんとうの隠れ家はあそこからそう遠くないところにあると思われる」

「あの近くに？」

「そうだ。梅吉がほんとうの隠れ家に案内するはずはない」

「近くですね」

おくには思い詰めた目をした。

「まさか。あの付近を捜そうというのではないだろうな。もう危ない真似はやめるのだ」

源九郎は諫《いさ》めた。

「広い肩幅に怒り肩の男だけでも見つけたいのです」

「いや、危険だ。梅吉が押込みの一味だとはっきりしたのだ。あとは町方に任せるのだ」

「信じてくれるでしょうか」

おくには首を横に振り、

「やはり、広い肩幅に怒り肩の男を見つけなければ」

と、思い詰めた目をした。

「ともかく、今はそのことを考えるのはやめよう。今後、どうするか改めて考えよう」

源九郎はなだめ、

「今の住いは梅吉に知られている。危険だ。どこか、頼れるところはないか。建具職の万吉さんはどうだ？」

と、きいた。

「はい。万吉さんなら、泊めてくれると思います」

「よし、私からもお願いしよう」

「いえ、だいじょうぶです」

おくには言う。

「そうか、では、しばらく万吉のところで世話になるのだ」

「はい」

長谷川町の入口まで送り、源九郎は元鳥越町の長屋に帰った。

三

その夜、市兵衛は銀座町三丁目に住む岡っ引きの富蔵《とみぞう》の家を訪れた。

「富蔵親分、夜分に申し訳ありません」

「なあに、かえって昼間は申し訳なかった」

長火鉢の前に座った富蔵が鷹揚《おうよう》に言う。

昼間、富蔵に会ったが、忙しくしており、夜にくるように言われたのだ。

富蔵は市兵衛より三つ上である。

「で、『志摩屋』の押込みのことできたいそうだな」

「へえ」

「どういうわけでえ？」

富蔵は目を光らせた。

「じつは、神田川にかかる新シ橋の近くで、神田相生町の小間物屋『紅屋』の主人栄助が殺されました。栄助が『紅屋』をはじめたのは五か月前」

市兵衛は続けた。

「栄助は神田明神境内にある料理屋『柳家』の女中だったおまさと店を開くに合わせて所帯を持ったのです。それに、栄助はおまさの借金を肩代わりしてやっているんです」

「栄助はかなり金を持っていたようだな」

富蔵が鋭い声で言う。

「へえ。ところが、『紅屋』をはじめる前はどこで何をやっていたのか不明なんです」

「不明？」

「へえ。おまさには池之端仲町にある商家に奉公していたと言っていたのですが、見つからないんです。料理屋『柳家』にはじめて栄助がやってきたとき、本郷の袋物屋『伊勢屋』の主人松太郎といっしょだったというのです。ところが、本郷の『伊勢屋』に松太郎という男はいないのです」

「ふたりとも偽りを述べていたのか」

「そうです。そしたら、ひょんなことから、木挽町の『志摩屋』の先代が松太郎という、松太郎は半年前に押込みに遭い、殺されたと」

市兵衛はすぐ言い訳のように、

「松太郎という同じ名だけでなく、ふたりとも殺されていることが気になりましてね。それで、『志摩屋』の押込みについてお訊ねに」

「そういうことか」

富蔵は厳しい顔になり、

「『志摩屋』に押込みが入ったのは四月二十日だ。夜中に『志摩屋』の手代が自身番に駆けこんできた。知らせを受け、俺も駆けつけた。部屋で主人の松太郎と妻女、廊下で番頭が殺されていた」

と、思いだすように目を細めた。

「手代の話だと、黒装束の男たちが数人で押し込んできたようだ。だが、誰も顔を見ていない」

「なぜ、松太郎と妻女を？」

「土蔵の鍵を出すのを抵抗したためだろう」

「いくら盗まれたんですかえ」

市兵衛はきいた。

「一千両だ」

「一千両ですかえ」

市兵衛の脳裏を栄助の金払いのよさが過《よぎ》った。

「押込みの手掛かりは？」

「手代がおかしらしい男は巨軀《きょく》だったと言った」

「手代が見ていたんですか」

市兵衛はきいた。

「そうだ」

「ああ、巨軀で思い当たるのは大松《だいまつ》一味のおかしらの大五郎《だいごろう》だ。年に一度か二度、大きな仕事をする」

「じゃあ、大松一味の仕業で？」

市兵衛は確かめる。

「いや、それがはっきりしねえんだ」

富蔵は渋い顔をした。

「と、言いますと？」

「その後、手代の証言が揺れた」

「揺れた？」

「巨軀だと言っていたが、おかしららしい男が立っていた場所に庭石があった。もしかしたら、庭石の上に乗っていたのかもしれないと言い出した。手代もだいぶ混乱しているようだった」

「庭石に乗っていたから巨軀に見えたということですかえ」

「うむ。それに大松一味は殺しはしない。土蔵の鍵を奪うときも、主人夫婦を縛り上げるだけだ」

「巨軀ですか」

「すると、他に疑わしいのは？」

市兵衛はきいた。

「新手の押込みではないかという見方もあった。去年の暮れ、麴町《こうじまち》の商家に押し入った賊は同じように主人夫婦を殺している。この押込みもいまだ見つかっていない」

富蔵は苦い顔をし、

「『志摩屋』の押込み以降、三件の押込みが発生したが、いずれも火盗改と奉行所によって解決した。その三件のそれぞれの押込み一味は『志摩屋』の件とは関係ないことがはっきりしている」

「そうですかえ」

市兵衛は呟いてから、

「『志摩屋』におくにという女中頭はいましたかえ」

と、きいた。

「おくに？」

富蔵は怪訝な顔つきで、

「確か、おくにという女中頭がいた。だが、その後、店を辞めている。おくにがどうかしたのか」

と、逆にきいた。

「おくにという女中頭が押込みが入ったとき、厠の中から広い肩幅に怒り肩の男がいたのを見ていたそうです。ですが、そのことはすっかり忘れていて、先日町中で広い肩幅に怒り肩の男を見て、押込みが入ったときのことを思いだしたとのことです」

富蔵は首を傾げ、

「妙だな。そんな話は聞いたことがない」

「そうですか」

「だが、広い肩幅に怒り肩の男なんてざらにいるだろう。それだけじゃ、手掛かりにはならねえな」

富蔵は冷笑した。

「そうですよね」

だいたいの状況を把握出来たので、

「わかりました。これから、栄助のことで『志摩屋』の主人に会ってみます」

と、市兵衛は口にした。

「その栄助だが」

富蔵は鋭い口調で、

「押込みの一味だったのではないか」

と、言い切った。

「ええ、十分に考えられます。金回りがよくなった時期が押込みの直後です。おそらく、仲間割れで殺された……」

市兵衛も応じた。

「よし、こうなったら俺もいっしょに行こう。栄助の件から押込みについて何かわかるかもしれない」

富蔵は勇み立っていた。

翌日の朝、市兵衛と富蔵は木挽町の紙問屋『志摩屋』を訪れた。

間口が広く、長い暖簾がかかっていた。瓦屋根の上の看板の金文字が朝陽を浴びて輝いていた。

荷を積んだ大八車が到着して、奉公人がやってきて荷を運び入れた。客の出入りも多く、活気に満ちていた。

富蔵は勝手に土間に入った。手代らしき男がすぐ近づいてきた。色白で、鼻筋の通った顔だちだ。

「これは親分さん」

手代は市兵衛にも目をくれた。

「うむ。旦那に会いたい。取り次いでもらいたい」

「はい。ただいま」

手代は奥に行った。

「おかしらしい男は巨軀だったと言った手代は今の？」

「そうだ」

「新しい主人は奉公人を一切変えたと聞きましたが？」

市兵衛はきいた。

「そうだが、何人かはそのままのようだ」

「そうですか」

手代が戻ってきた。

「どうぞ、こちらに」

手代は店座敷の横にある小部屋に案内した。

「少々お待ちください」

手代は下がった。

ほどなく、三十五、六の恰幅《かっぷく》のよい男がやってきた。

「お待たせいたしました」

これが主人の竹次郎かと、市兵衛は注意深く顔を見た。

栄助の妻女おまさは、栄助を連れてきた松太郎は、三十二、三。細面で尖った顎の先に黒子があると言った。一方、『柳家』の女将は、四角い顔で、黒子は右眉の横にあったと言っていた。

竹次郎はいずれにも当てはまらなかった。

「店は順調のようだな」

富蔵が口を開く。

竹次郎は口元を綻《ほころ》ばせた。

「おかげさまで、なんとか」

「親分さん、今日は何か」

竹次郎は市兵衛を気にした。

「じつは、ここにいるのは神田界隈に目を光らせている岡っ引きの市兵衛だ。市兵衛が『志摩屋』の旦那から話を聞きたいというのでな」

富蔵が引き合わせた。

「市兵衛です」

市兵衛は頭を下げた。

「主人の竹次郎です」

竹次郎は鷹揚に言い、

「神田界隈の親分さんがどうして私に？」

と、不審そうな顔をした。

「神田相生町の小間物屋『紅屋』の主人栄助という男をご存じないかと思いまして」

市兵衛は静かに切り出した。

「栄助ですか。いえ、知りません」

竹次郎は否定し、

「なぜ、私に？」

と、きいた。

「こちらに出入りをしていた職人や商人の中にひょっとしていたのではないかと思いましてね」

「いませんね」

「志摩屋さんが知らなくても番頭や手代が……」

「親分さん」

竹次郎が手を挙げて制した。

「当家に出入りをしている者については、いちおう私は知っています。栄助なる者とは関わりはありません」

「先代の松太郎さんはいかがでしょうか」

「兄が栄助という男を知っていたかと言うのですか」

竹次郎は冷笑を浮かべ、

「さあ、聞いたことはありませんね」

「そうですか」

「栄助がどうかしたのですか」

竹次郎が鋭い目を向けた。

「先日、神田川にかかる新シ橋の近くで、栄助は殺されました」

「殺された？」

竹次郎は眉根を寄せ、

「下手人は？」

と、きいた。

「まだ、わかりません」

「でも、なぜ、兄が栄助を知っているかもしれないと思ったのですか」

竹次郎は厳しい目を向けた。

「念のために訊ねただけです」

市兵衛は言う。

「念のため？」

「じつは、栄助は五か月前に料理屋の女の借金を肩代わりし、その女と所帯を持ち、小間物屋『紅屋』をはじめた。栄助はそのころから急に金回りがよくなったようなんです」

市兵衛はためらわず口にした。

「時期からして、『志摩屋』の押込みと関係があるのではないか」

「栄助が押込みの仲間？」

竹次郎は眉間に皺を寄せた。

「栄助が殺されたのは仲間割れではないか。あくまでも、想像に過ぎません。ですが、念のために調べてみる必要があると思いましてね」

市兵衛は竹次郎の顔を見つめ、

「ところで、歳は三十二、三。細面で尖った顎の先に黒子がある男、あるいは四角い顔で、右眉の横に黒子がある男に心当たりはありませんか」

と、きいた。

「…………」

竹次郎は押し黙った。

「いかがですか」

「そのような黒子のある男はざらにいますよ。格別に思い当たることはありません」

竹次郎は強い口調で言った。

「そうでしょうね」

市兵衛は素直に応じてから、

「ところで」

と、話題を変えた。

「先代が亡くなったあと、志摩屋さんが先代の子どもの後見人として、『志摩屋』を取り仕切っていると聞きましたが」

「さようで。二十歳になるまで、私が『志摩屋』を預かっています」

「奉公人や出入りの業者など一新したそうだが?」

「ええ」

「なぜですかえ」

市兵衛は鋭くきく。

「押込みに遭って悲惨な結果になった『志摩屋』の悪い印象を取り除きたいのと、奉公人の中には兄の松太郎を慕っていたものが多く、私のやり方についていけないという者にはやめていただきました。出入りの業者についても同じ。私のやり方で、『志摩屋』を建て直そうと」

竹次郎はやや誇らしげに、

「おかげさまで、今では先代のとき以上にお店は繁盛しております」

と、口にした。

「志摩屋さんは『志摩屋』に入る前まで、どちらに？」

「神田三河町《みかわちよう》にある扇問屋の『福島屋《ふくしまや》』という店の主人でした。十年前に養子に入り、養父母が亡くなったあと、私が当主として店を切り盛りしていました」

「今、『福島屋』は？」

「番頭に任せています」

「番頭が主人を兼ねているのですか」

「ええ」

「名は？」

「時之助《ときのすけ》です」

「いずれ、『福島屋』に戻られるわけですね」

市兵衛は確かめる。

「そうです。兄の子どもに店を引き継いだらそうなります」

竹次郎は素直に答えた。

「でも、十年ぐらい先のことですね」

「ええ」

「十年だと、いろいろ状況も変わりましょう」

市兵衛は竹次郎の目を見つめ、

「志摩屋さんにお子は？」

と、きいた。

「ふたりおります」

「男の子？」

「ええ、まあ」

竹次郎は眉根を寄せ、

「親分さん。さっきから私のことでいろいろおききになっていますが、いったい、どうしてですか」

と、不快そうに言った。

「いえ、別に深いわけはありません」

「志摩屋さん」

それまで黙っていた富蔵が口を開いた。

「まあ、いろいろききたがるのは岡っ引きの性《さが》だ。別に変な疑いをかけてのことではない。勘弁してくれ」

「わかっておりますが」

竹次郎は厳しい顔つきのまま言い、

「そろそろ、いいでしょうか」

と、腰を浮かすような真似をした。

「ああ、十分だ。行こうか」

富蔵は市兵衛に声をかけた。

「志摩屋さん、長々とすみませんでした」

市兵衛は謝った。

「いえ」

竹次郎はすでに立ち上がっていた。


さっきの手代が店先まで見送った。

市兵衛は思いついて、

「おまえさんは先代のときから『志摩屋』に奉公していたそうだな」

と、きいた。

「さようで」

「歳は三十二、三。細面で尖った顎の先に黒子がある男、あるいは四角い顔で、右眉の横に黒子がある男に心当たりはないか」

「黒子……」

手代は呟いてから、

「いえ」

と、あわてて首を横に振った。

「栄助という男を知らないか」

「そんな男、知りません」

手代はむきになって否定した。

「そうか」

外に出てから、富蔵がきいた。

「ずいぶん食い下がっていたが、何か引っ掛かることがあったのか」

「ええ。確たるものではないんですが」

市兵衛は慎重に、

「竹次郎という男、死んだ兄の松太郎に対する思いがあまりないような気がして」

と、口にした。

「そう言われれば、そんな気もするが。しかし、もう亡くなって半年経つからな」

富蔵が呟く。

「それに、かなりの野心家ではありませんか。兄弟仲はどうだったのでしょうか」

「どういうことだ?」

「いえ、なんでも。いずれにしろ、遣《や》り手ですね」

「うむ。前以上に店を繁盛させているのだからな」

「ええ」

何か引っ掛かりを覚えたが、ぼんやりしてはっきりしない。

「いずれにしろ、栄助が押込み一味だったことは十分に考えられる。だとしたら、栄助は商家に奉公していたのではなく、盛り場などでうろついていた男かもしれぬな。俺はそっちのほうから栄助について調べてみる」

富蔵は、栄助が押込み一味だったと決めつけているようだった。栄助殺しの下手人がわかれば『志摩屋』の押込みが明らかになる。

市兵衛も富蔵と同じ思いだった。

四

青空が広がっているが、冷たい風が木々の小枝を揺らしている。

源九郎は亀戸村に来ていた。おくにもいっしょだった。危険だからと諭したが、おくにはきかなかった。

賊が潜んでいた百姓家は昼間見ると、さらに荒れ果てていて、やはりひとが住んでいた形跡はなかった。

源九郎はこの近くに押込みの連中の隠れ家があるような気がしてならなかった。

亀戸村を見渡しても、百姓家が点在していて、隠れ家らしきものは見当たらなかった。

「深川のほうじゃないかしら」

竪川に戻って、おくにが言う。

「うむ」

源九郎は頷き、四ノ橋を渡った。右手前方には大名の下屋敷が並んでいるが、左手のほうは寺があり、あとは田地が広がっていた。

やがて、小名木川に出た。

川の向こうにも大名の下屋敷が並び、大きな一橋《ひとつばし》家の下屋敷が見えた。その隣は十万坪と呼ばれる広大な野原だ。

ふたりは小名木川に沿って東に向かった。五本松を過ぎ、大島村、洲崎《すさき》村、猿江村と歩いた。

かなたに寺が見えた。羅漢《らかん》寺で、五百体の羅漢が安置されているという。

ここまで、不審な人影もなく、それらしき建屋もなかった。

「わからないな」

源九郎は呟く。

「でも、この辺りに隠れ家があるような気がします」

おくには鋭い声で言う。

野良着を着た百姓が少し先を通り掛かった。

おくには駆けて行き声をかけた。話し声は聞こえない。

おくには十万坪のほうを指差した。

それから頭を下げて、戻ってきた。

「流さま」

おくには少し興奮しているようだ。

「夜、十万坪のほうに明かりが灯るそうです。あんなところに、誰かが住んでいるようだと言ってました」

「…………」

「押込み一味の隠れ家じゃないでしょうか」

「それだけでは何とも言えない」

源九郎は冷静に言い、十万坪のほうを眺めた。

「行ってみませんか」

「いや、危険だ。もしそうだとしたら、闇雲に歩き回っていたら、どこかから我らの姿を見られるかもしれない」

「では、夜になって、明かりがついたところに行ってみます」

おくには意気込んで言う。

「ともかく、きょうはこれで引き上げよう」

源九郎はおくにをなだめた。

陽が傾いてきた。

「でも、せっかくの手掛かりが」

「焦ってはならない」

「はい」

おくには素直に応じたが、

「明日の夜、またここに」

と、思い詰めたような目をして言った。

「わかった。だが、明日は用があるのだ。明後日にさせてくれ。それに、もう町方の手を借りたほうがいいのではないか」

源九郎は言う。

「いえ、まだ真剣に取り合ってくれないはずです。どうしても、広い肩幅に怒り肩の男を見つけてからでないと」

　おくには意地を張った。

「流さまがごいっしょしてくれないなら私ひとりでも。広い肩幅に怒り肩の男がいるかどうかを確かめたいだけですから」

「ひとりで、そんな真似はさせられぬ」

　源九郎は強い口調で言い、

「わかった。明後日の夜、ここに来てみよう」

　源九郎が言うと、おくにはようやく納得したようだった。

　両国橋を渡ったところで、おくには頭を下げて別れて行った。


　翌日、源九郎は昼過ぎに長屋を出た。

　神田佐久間町《さくまちよう》から湯島聖堂に向かい、本郷通りに入った。

　源九郎は困惑していた。おくにの件だ。押込み一味は用心しているはずだ、隠れ家に近づけば、見つかる公算が大きい。

　源九郎ひとりなら十二分に相手になれるが、おくにがいたのではそうはいかない。

　一昨夜のように、敵はおくにに狙いを定めてくる。おくにを人質にとられたら、いかんともしがたい。

先日は小石を拾い、なんとか危機を逃れたが、源九郎ひとりでおくにを守れるか。

助っ人が欲しい、と源九郎はある男の顔を脳裏に描いていた。

本郷菊坂町の夕暮れ長屋にやってきた。

木戸を入る。嵐山虎五郎の住いに向かった。

「ごめん」

源九郎は腰高障子を開けた。

髭面の嵐山が部屋の真ん中にいた。あぐらをかき、瞑想をしていたようだ。

「そなたは？」

「流源九郎です」

腰の刀を外し、源九郎は勝手に上がり框に腰を下ろした。

「何の用か」

嵐山はきく。

「お願いがあって参った」

「お願い？」

嵐山は不審そうな顔をした。

「手を貸していただきたい。明日の夜だ。もちろん、報酬は弾む」

源九郎は自腹を切るつもりだ。

「…………」

嵐山から返事はない。

源九郎は勝手に話した。

「事情を話せば長くなるが、半年前に木挽町の『志摩屋』に押込みが入り、主人夫婦と番頭を殺した。そのとき、おくにという女中頭が、一味に広い肩幅に怒り肩の男がいるのを見ていた」

その後の経緯を説明し、亀戸村で襲われたこと、そして昨日は十万坪の近くに押込みの隠れ家があるかもしれないことがわかったと話した。

「私ひとりならなんとでもなるが、おくにがいると敵の標的になってしまう。そうなると、私ひとりの手には負えない。そこで、助けて欲しいのだ」

源九郎は訴える。

「いかがか」

「残念ですが、明日の夜は仕事が入っているんです」

「仕事？」

「用心棒ですよ。夜の寄合に出かける旦那の警護で」

嵐山は口にした。

「そうか」

源九郎は落胆した。

「無理を言うことは出来ない。諦めよう」

「他に当ては？」

嵐山はきいた。

「ない」

「ない？」

「何人か浪人を知っているが、そなたほどの剣の達人はいない」

嵐山ならどんな強敵にも立ち向かえるが、そうでなければ危機に追いやってしまいかねない。そんな真似は出来なかった。

「では、どうするのですか」

嵐山は気にした。

「ひとりでやってみるしかない」

そう言い、源九郎は立ち上がった。

「邪魔をした」

「お役に立てず」

嵐山は頭を下げた。

源九郎は元鳥越町の万年長屋に戻った。

腰高障子の前に、鼻緒問屋『美濃屋』の番頭房太郎が立っていた。源九郎は胸いっぱいに屈託が広がった。

「申し訳ありません。待たせていただきました」

房太郎は言ってから、

「流さま。お願いです。どうか、『美濃屋』までお出でいただけませんか」

と、切羽詰まったように訴える。

「ひょっとして布川さまが？」

源九郎はきいた。

「はい。お嬢さまといっしょに昼前からお待ちでございます」

「昼前から誰を？」

思わずきき返す。

「流さまをです。もうふた刻（四時間）はお待ちしています。どうか、お出でくださいませんか」

そんな話は聞いていない。

「じつは、布川さまはいつまでも待つつもりで『美濃屋』に参りました。その上で、流さまに都合のよいときにお出でいただこうと」

「勝手に待っていたということか」

源九郎は呆れた。

「はい。それが流さまに対する礼儀だと仰いまして」

断りづらい状況を作って呼び出すとはそれこそ礼儀に欠けると言いたかったが、現実にずっと待っていると思うと無下にすることは出来ない。

「お願いです。どうぞ、『美濃屋』までお出で願えませんか」

「わかった」

源九郎はため息をついた。

『美濃屋』に着いた。すでに辺りは暗くなっていた。

主人が出てきて、

「流さまですか。申し訳ありません。布川さまはほんの少し前にお帰りになりました」

と、告げた。

「そうですか。お帰りに」

源九郎は呟き、

「昼前からいらっしゃっていたとか」

と、きいた。

「はい。流さまがいつ来られてもいいようにと」

「何か、仰っていたか」

「いえ。明日は用事があり、また明後日も昼前にお出でになり、流さまをお待ちするそうです」

迷惑だと口に出かかったが、声にはならなかった。

「どうか、明後日お出でいただけませんでしょうか」

「わかりました」

明後日こそ、はっきりさせようと、源九郎は思った。

「布川さまは流さまをたいそうお気に召されているようでして」

「明後日、参りますが、私は仕官する気はない。このことを美濃屋さんからもお伝えくださいﾞ」

そう言い、源九郎は『美濃屋』をあとにした。

元鳥越町に戻り、源九郎は『呑兵衛』の暖簾をくぐった。すでに夜の帳がおり、店内は客でいっぱいだった。

職人や行商人、それに日傭取りなどだ。

座れる場所がないと困惑していると、

「流さま」

と、小上がりにいた商人ふうの男が立ち上がった。

「どうぞ、ここに。私は引き上げますので」

「そうか。ありがたい」

源九郎はどうにか小上がりの隅に落ち着いた。

「流さま。お久しぶりですね」

小女のお玉が注文をとりにきた。

「うむ。忙しかったのでな。酒を頼む」

「はい」

元気な声を出して、お玉が下がった。

遠くで留吉と勘助が呑んでいた。

酒が届いて、源九郎はちびりちびりと呑みはじめる。

やはり、今夜の酒は苦い。屈託がふたつも重なったのだ。

ひとつは、おくにのことだ。明日の夜、十万坪のほうに押込みの隠れ家を捜しに行く気でいるが、極めて危険な行為と言わざるを得ない。

嵐山虎五郎が助太刀をしてくれたら心強かったが……。しかし、万が一の事態になったとしても、おくにを守りながら敵と対峙をする自信はあった。

それより、胸が塞がるのは布川滝之進のことだ。とうとう娘まで連れ出してきた。布川にしたら、どうしてこのようないい話を断るのか理解出来ないという思いなのだろう。

しかし、源九郎は深い事情を話すわけにはいかないのだ。

小肥りの勘助が源九郎の前にやってきた。

「流さん。さあ、いきましょう」

徳利《とつくり》を差し出す。

「すまない」

酌を受け、源九郎は喉に流し込んだ。

そこに留吉もやってきた。

「すまねえな。少しよけてくれ」

日傭取りの客に言い、留吉は強引に源九郎のそばに寄った。

「ちっ。まあ、いい。あっちが空いたから移る」

日傭取りは徳利を持って席を変えた。

「すまねえ、恩に着る」

勘助が髪結床で仕入れてきた、どこその妻女と妾《めかけ》の往来での大喧嘩の話を見てきたように話した。

「取っ組み合いをしたのか」

留吉がきく。

「そうらしい。髪を振り乱し、着物ははだけ、見物の男衆はやんやの喝采だったそうだ」

勘助が言う。

「とんだ目の保養をしたってわけか」

「ところがそうじゃねえ」

勘助が意味ありげに声をひそめた。

「何があったのだ？」

源九郎は思わず口を入れ、

「まさか、男が現われ、見物人から金を徴収しだしたわけじゃないだろうな」

と、冗談を言った。

「流さん。知っていたんですか」

「なに、そうなのか」

「へえ、とんだ茶番だったようです」

勘助は笑った。

「それより、こんな話はどうです？」

そう言い、留吉は本所の御家人の屋敷に女の幽霊が毎晩通ってくるという話をした。

「牡丹灯籠《ぼたんどうろう》じゃねえか」

勘助が鼻で笑い、

「きっと、御家人が女郎を屋敷に引き入れているんだ」

と、言う。

「いや、そうじゃないらしい。その噂を聞いた男がその屋敷を見張っていたら夜中に白い着物の女がどこからか現われ、屋敷に入っていったそうだ」

留吉は声を落とし、

「その男はその夜から高熱を出して寝込んでしまったそうだ」

「夜中に外にいたので風邪を引いたのだろうぜ」

「いや、そうじゃない」

留吉はむきになって反論する。

「ああ、眠くなってきた」

源九郎は酔いがまわってきたと言い、目をとろんとさせた。

「流さま、寝ちゃだめですよ」

お玉がはっきり言う。周囲もだいぶ客が帰っていった。

「わかっている」

源九郎は答え、

「ふたりといっしょにいると気分も晴れやかになる。いい気持ちで酔えた」

と、勘助と留吉に言った。

「じゃあ、そろそろ帰りますかえ」

勘助が言った。

源九郎たちは店を出た。

長屋木戸を入り、ふたりに挨拶をして、源九郎は自分の部屋に帰った。たちまち、明日のおくにとのことが蘇っていた。

五

翌日の朝、市兵衛は神田三河町にある扇問屋の『福島屋』を訪れた。

『福島屋』の竹次郎が十年前に養子に入り、養父母が亡くなったあとに代を継いだ。だが、半年前に『志摩屋』が押込みに遭い、兄の松太郎夫婦が死んだあと、『福島屋』を番頭に任せ、自分は『志摩屋』に入り込んだのだ。

『志摩屋』と『福島屋』では店の規模は大きく違う。大店の『志摩屋』とは比べものにならない。

土間に入ると、三十前の小肥りの男が近づいてきた。

「俺は南町の旦那から手札をもらっている市兵衛というもんだ。時之助さんて番頭さんはいるかえ」

市兵衛は切り出した。

「旦那ですか」

「そうか、今は主人か」

いちおう、今は『福島屋』の主人は時之助なのだ。

「少々お待ちください」

番頭は奥に向かった。

市兵衛は土間の隅で、時之助を待った。

店座敷にふた組の客がいて、扇を選んでいる。

番頭が戻ってきた。

「申し訳ありません。今、来客と会っているところで、もう少しお待ちいただきたいのですが」

「そうか。では、四半刻（三十分）後に出直そう」

「恐れ入ります」

市兵衛はふと思いついて、

「つかぬことをきくが、栄助という男を知らないか」

「栄助……」

番頭は微かに眉根を寄せたが、

「いえ。知りません」

と、首を横に振った。

市兵衛は番頭が眉を寄せたのが気になった。

「では、またあとで」

市兵衛は土間を出た。

それから、須田町《すだちよう》にある『松川屋《まつかわや》』という扇問屋に顔を出した。『福島屋』と同じ規模の店だ。

手代ふうの男に声をかけると、ちょうど主人は店に出ていた。

手代が客の相手をしている主人のところに向かった。手代が耳元で囁き、主人はすぐに顔を向けて立ち上がった。

大柄で腹の出た男だ。思い出した。以前に、聞き込みで話を聞きに来たことがあった。

「これは親分さん。お久しぶりで」

『松川屋』の主人は如才なく言う。

「確か、二年前にも聞き込みにきた」

「はい。覚えております。して、今日は？」

松川屋は窺うような目を向けた。

「同業者のことでききたいのだ」

市兵衛は口にする。

「同業者ですか」

松川屋は困惑した顔をしたが、

「ここではなんですから」

と、自ら先に立ち、店座敷の隣にある小部屋に行った。

改めて向き合って、

「三河町の扇問屋『福島屋』についてききたい」

と、市兵衛は切り出した。

「『福島屋』さんですか」

松川屋は貶《さげす》むように顔を歪め、

「『福島屋』さんの何を？」

と、きいた。

『福島屋』に対して好意を抱いているように思えなかったのは、いろいろ聞きだすのに好都合だった。

「今の『福島屋』の主人は時之助といい、以前は番頭だったそうだが」

市兵衛は切り出した。

「そうです。もともと竹次郎さんが代を継いでいました。ところが、兄の松太郎さんが亡くなり、竹次郎さんは番頭の時之助に『福島屋』を任せ、自分は『志摩屋』に
……」

松川屋は静かに話す。

「竹次郎は進んで『志摩屋』に入ったのか」

「兄の松太郎さんをかなり意識していたようですね。俺のほうが才能はあるのだから『志摩屋』は俺が継ぐべきだったと言っていたことがあります。だから、『志摩屋』の不幸は竹次郎にとって渡りに舟だったんじゃないですか」

松川屋は口元を歪めた。

「竹次郎はどんな人物でしたね」

「かなり遣り手ですが、尊大で傲慢な男です。商売においても、客に高価なものを言葉巧みに売りつけたり、通りがかりのひとを無理やり引き込んで、扇を買わせたり
……」

「店全体で？」

「ええ。竹次郎が指示しているんでしょう。番頭の時之助は竹次郎におもねるように率先して振る舞っていましたよ」

「それでは客だって離れていってしまうのではないか」

「ええ、一時は客もよりつかなくなって商売も立ち行かなくなったようです。そんなときに、『志摩屋』の押込みですからね」

「なるほど」

市兵衛は頷き、

「ところで、『福島屋』に栄助という奉公人がいたかどうかわからないか」

「いえ、そこまではわかりません」

「そうか」

市兵衛はさらに、

「奉公人で『福島屋』をやめた者はいないか」

「さあ、奉公人のことまでは……」

松川屋は言ってから、

「そういえば」

と、思い出したように口にした。

「手代がひとりやめさせられたと聞いたことがあります」

「手代が？」

「三年ぐらい前のことですが、寄合の席で誰かが、いつも店に出ていた手代の顔が見えないがと竹次郎にきいたとき、やめてもらったと答えてました。何があったか、詳しいことは話しませんでしたが」

「その手代の名はわからないか」

「わかりません」

松川屋は首を横に振った。

「番頭の時之助が取り仕切るようになって、『福島屋』はどうなのだ？」

「だいぶまっとうな商売をやるようになったようです。この前は、安売りをして客を集めていましたが、どうなのでしょうか」

「安売りか」

「ええ。儲けを度外視しての安売りだったようです。おそらく、『志摩屋』の竹次郎から援助があったから出来たんじゃないでしょうか」

松川屋は顔をしかめて言う。

儲けを度外視しての安売りをされたら、客がとられるかもしれないと不安になっているのかもしれない。

市兵衛は礼を言い、『松川屋』をあとにした。

市兵衛は神田三河町にある『福島屋』に戻った。

さっきの番頭が近づいてきて、

「先ほどは失礼しました」

と、詫びた。

「客は引き上げたか」

「はい。お待ちです。どうぞ、こちらに」

番頭は市兵衛を小部屋に通した。

待つほどのこともなく、三十二、三歳の細面の男が入ってきた。市兵衛はおやっと思った。尖った顎の先に黒子があった。

「主人の時之助です」

時之助が挨拶をした。

市兵衛は動揺を悟られないように、

「ずいぶん若いので、驚いた」

と、あえて口にした。

「はい。実質の主人は竹次郎という者ですが、しばらく『福島屋』を離れることになったので。代わって私が代理の主人を仰せつかっています」

時之助は素直に答えた。

「そうだってな。で、どうだい、商売のほうは？」

「どうにか慣れてきて、ようやく新しい『福島屋』のことをお客さまにもわかっていただけたようで」

「それはなにより」

「で、親分さんは何をお調べで」

「栄助という男を知らないか」

市兵衛はきいた。

「栄助ですか。知りません」

時之助は否定したあとで、

「栄助は何をしたのでしょうか」

と、鋭い目を向けた。

「栄助は神田相生町にある『紅屋』という小間物屋の主人だ。先日、新シ橋の近くで殺された」

「なんと」

「栄助が『紅屋』をはじめたのが五か月前。それ以前に、栄助がどこで何をしていたのかがわからないのだ」

「そうですか。しかし、私は栄助という男を知りません」

時之助は冷やかに言う。

「こちらで、やめていった奉公人はいますかえ」

市兵衛はきいた。

「いません」

きっぱりと言ったあとで、

「ただ、ひとりだけ。親が病気になったというので信州に帰った奉公人がおりました。それぐらいでしょうか」

と、時之助は思いだしたように言う。

「名は？」

「三吉《さんきち》と言いました」

『松川屋』の主人が話していた、辞めた奉公人のことだろう。いつも店に出ていた手代の顔が見えないがときいたとき、やめてもらったと竹次郎は答えたという。

「自分の都合でやめていったのですが、その後のことはわかりません」

時之助は付け加えた。

さっきから、市兵衛は奇妙に思っていた。

時之助は問いかけによどみなく答えている。何らやましいことがないからかもしれないが、竹次郎から知らせが入っていて、受け答えの準備が出来ていたのではないか。

そんな疑問さえ浮かぶ。

考えすぎか。

目の前の時之助が、栄助といっしょに『柳家』にやってきた男と同じ特徴をしていることが、時之助に特別な目を向けさせているのか。

これ以上、話しても得ることはないと思い、市兵衛は引き上げることにした。

市兵衛は三河町から神田相生町の『紅屋』に赴いた。

大戸が閉まっていた。

潜り戸を叩いたが、返事がない。市兵衛は裏にまわった。

勝手口から入ると、栄助の妻女おまさは奥で片づけ物をしていた。部屋の中がすっきりしている。

「これは親分さん」

おまさが出てきた。

「どうした、片づいているが？」

「はい。出て行くことにしました」

「出て行く？」

「ええ、栄助さん、思ったほど金を残していなかったんですよ。大きなことを言っていたのに……。これじゃ、呑み屋をはじめるなどとんでもないと」

おまさは口元を歪めた。

「これからどうするのだ？」

「独り身のときのように働きますよ」

おまさはため息混じりに口にした。

「頼みがあるのだが」

市兵衛は用件を切り出した。

「ある男の顔を検《あらた》めてもらいたい」

「ある男？　誰ですか」

おまさがきく。

「何も聞かずに、黙ってついてきてくれると助かるんだが」

市兵衛は事情を明かさず頼んだ。

「わかりました。すぐ、支度してきます」

おまさは立ち上がって奥に向かった。

四半刻（三十分）後、市兵衛とおまさは神田三河町にある扇問屋『福島屋』の前に立った。

市兵衛は店の中を覗く。ちょうど時之助が帳場格子の前に座っていた。

「よいか。客の振りをして中に入り、あの帳場格子の前に座っている男の顔をよく見るのだ。心当たりがあるかどうか」

「誰ですか」

「この店の主人の時之助だ。さあ」

「はい」

おまさは店に入っていった。

市兵衛は手応えを感じながら、少し離れた場所でおまさを待った。

やがて、おまさが出てきて、近づいてきた。

「どうだった？」

市兵衛は勇躍してきいた。

「いえ」

おまさは首を横に振った。

「よく、見たか。『柳家』に栄助といっしょにきた男ではないか。細面で尖った顎の先に黒子がある」

市兵衛はむきになってきく。

「あれは私の勘違いでした」

「勘違い？」

「栄助といっしょにきたのは、四角い顔で右眉の横に黒子がある男でした」

「なんだと」

市兵衛は啞然とした。

「おまさ。細面で尖った顎の先に黒子があると、はっきり言ったではないか」

「すみません。あとで思いだしたら、私の勘違いだと気づいて」

おまさはすまなそうに言う。

「おまさ。誰かに何か言われたのか」

「いえ。すみません」

おまさは頭を下げるばかりだった。

市兵衛は憤然としていた。

第四章　敵の正体

一

その日の夕七つ（午後四時）過ぎ、源九郎はおくにとともに両国橋を渡った。竪川を四ノ橋で越え、小名木川に出て、川沿いをさらに東に向かう。

小名木川の両脇に大名の下屋敷が続いている。小名木川は横十間川《よこじつけん》と合流する。横十間川を越え、さらに小名木川沿いを進む。

この両側にも下屋敷が並び、やがてそれも途切れると、右手に新田が広がっていた。

一昨日、百姓に会った場所で、おくには立ち止まった。

十万坪のほうに目をやる。もともとは江戸のゴミで埋めたてて作った土地で、草木が生い茂って、昼間でも鬱蒼《うっそう》としている。

十万坪に続いて、新田がいくつもあるが、新田開発のための作業場のような小屋がぽつんぽつんと建っている。

夜に灯るという明かりは、その小屋のどこかだろう。その小屋が押込み強盗一味の隠れ家だと、おくには考えているのだ。

今はまだ、明かりは灯っていない。

源九郎とおくにはその場で、どこかの小屋で明かりが灯るのを待った。

辺りが暗くなってきた。やがて、ぽつんと明かりが光った。

「あの明かり」

おくにが声を震わせた。

しばらく待ったが、他の小屋は明かりが灯る様子はなかった。

「あの小屋に間違いありません。行ってみましょう」

おくには急いたように歩きだした。

「待て」

源九郎は強い口調で、

「よいか。我らを誘き出す罠《わな》かもしれない」

と、注意をする。

「罠でないとしても、近づいてくる者をどこかから見張っていると考えたほうがいい」

「…………」

おくには硬い表情を向けた。

「我らのことは敵に見抜かれていると思え」

「はい」

「決して離れるな、よいな」

源九郎は強く念を押す。

「わかりました」

おくには緊張した表情で頷く。

源九郎は腹をきめた。今さら引き返せない。おくにが承知しないだろう。

ふたりは明かりの灯っている小屋に向かって歩を進めた。

静かだ。源九郎は辺りに気を配った。ふと、息をひそめているひとの気配がした。

ひとりやふたりではない。

小屋から誰かが覗いている。

やはり、誘き出されたようだ。背後にひとの気配。いつの間にか取り囲まれたようだ。

黒い影が正面に現われた。

「『志摩屋』の女中おくにに流源九郎。よくここまでやってきた」

男はさらに近づく。

裁《た》っ着《つ》け袴《ばかま》の侍で、広い肩幅に怒り肩の大柄な男だ。

あっ、とおくにが叫んだ。

「私が見たのはこのひとです」

「よけいな真似をしなければ、命を落とすような目に遭わずに済んだものを」

男は冷笑を浮かべた。

「おまえたちが『志摩屋』に押し入った盗賊か。おぬしの名は？」

「梅吉からきいていよう。清次だ」

「ほんとうの名は？」

「そんなものどうでもいい」

清次は冷笑を浮かべ、

「流源九郎。今宵《こよい》こそ、命をもらう。おくにとともにな」

清次が言い終えたとたん、暗がりから疾風のように黒い影が突進してきた。源九郎は抜刀して眼前に迫った剣を弾いた。

すかさず、横合いから別の賊が刀を逆手に構えて振り下ろしてきた。源九郎は腰を落として剣先をかいくぐって相手のふところに飛び込んだ。

しかし、相手は体をひねりながらわざと倒れるようにして源九郎の剣を避けた。そこに第三の男が匕首を腰に構えて向かってきた。源九郎は身を翻して避け、行きすぎた相手の肩に斬りつけた。

鈍い手応えがあって、男は前のめりになって倒れた。

敵の波状攻撃は止むことなく、再び最初に仕掛けてきた男が突進してきた。

源九郎は今度はその男の二の腕に剣先を突き付けた。さらに、左右からふたりの賊が剣を構えて同時に迫ってきた。

源九郎は素早い動きで、まず左から来た敵の刀を弾くと同時に肩を斬り、身を翻しながら右手からの敵の脾腹を斬った。

敵の攻撃がいったん止んだ。目の前に何人かがうずくまっていたが、ふと気づくと、背後におくにがいなかった。

風を切って何かが凄《すさ》まじい勢いで飛んできた。源九郎は剣でそれを叩き落とした。続けざまに、矢が飛んできた。それを弾き飛ばした。

吹矢だ。おそらく矢の先にトリカブトの毒が塗ってあるのだろう。

矢が飛んできたほうを見て、源九郎は愕然とした。またも、おくにが賊の手に落ちていた。今度は三人掛かりで、おくにの動きを封じ込めていた。

なぜ、一度ならず二度までも、おくには源九郎の傍《そば》を離れたのか。

清次がおくにの喉元に刃を突き付けている。

「流さま」

おくにが悲鳴を上げた。

「刀を捨てろ」

清次が叫ぶ。

「今度はこの前のようにはいかない。わかっていような。さあ。捨てるんだ」

清次は勝ち誇ったように言う。

「先におくにを放せ。そしたら、捨てる」

源九郎は危機を乗り越える手立てを考えながら訴える。

「だめだ。先に捨てろ」

「おくにを放すのが先だ」

源九郎は譲らない。

「これでもか」

清次がおくにの喉に刃を当てた。

おくにが悲鳴を上げた。

「よいか。おくにに危害を加えたら、おまえたちに飛びかかり、三人とも斬り捨てる」

源九郎は剣を八双に構えた。

その間に、他の仲間が剣を構え、じりじり源九郎の背後に迫っていた。

「刀を捨てろ」

清次が怒鳴る。

「先に放せ」

源九郎は賭けに出た。

いずれにしろ、奴らの狙いはおくになのだ。おくにを生かしておくはずはない。

と、そのとき、清次やおくにの背後に黒い影が突如として現われた。清次の喉元に剣先を突き付けて、

「女を放すのだ」

と、迫った。

他のふたりはその場でうずくまっていた。その素早い動きに目を見張るものがあった。体つきから嵐山虎五郎かと思ったが、端正な顔をした浪人だ。それに、嵐山虎五郎より若い。

浪人は襲いかかってくる賊を素早い剣捌《さば》きで蹴散らした。源九郎も相手の動きを封じ込めながら吹矢の主を探した。

だが、それらしき人物は見つからない。

突然、鋭い指笛が鳴り響き、賊は一目散《いちもくさん》に逃げだした。傷を負わせた者も連れ去り、一味の者を捕らえることは出来なかった。

源九郎は改めて加勢してくれた浪人のもとに向かった。

目元が涼しく、柔らかな頰をした浪人だった。

「まさか」

源九郎は浪人の顔を見つめ、

「そなたは嵐山どの」

と、やっと口にした。

「そうです」

「来てくれたのか」

源九郎は感じ入って口にした。

「どうしても気になり、早く先約の仕事をこなして駆けつけました。もっと早く来られたらよかったのですが」

「いや、助かった。このとおり、礼を申す」

源九郎は頭を下げた。

「頭をお上げください」

嵐山はあわてて言う。

「おくにさん。怪我《けが》はないか」

源九郎はおくにに声をかけた。

「はい」

強張った表情で、おくには頷き、

「危ういところをありがとうございました」

と、嵐山に向かって礼を述べた。

「いや、ともかく、無事でなにより」

嵐山はいたわるように声をかける。

「このひとは私の友人の嵐山虎五郎どのだ。事情を話し、きょうの助太刀を頼んでいた。嵐山どのが来てくれなかったらどうなっていたか……」

源九郎は改めて言い、

「それにしても、見違えました」

と、感嘆した。

「虚仮威《こけおど》しの髭を剃《そ》りました」

嵐山は苦笑した。

「まったくの別人だ」

「顔に迫力がないので、道場破りをするためにわざと髭を生やしていたんです。不思議なことに、髭を生やしていると自分でも豪傑になったような錯覚がして、無謀と思えることも出来るように。もっとも、それが道場破りでしかありませんが」

嵐山は正直に答え、

「でも、髭をたくわえた自分は自分ではなかった。偽りの自分ですから」

「髭を剃って、気持ちまですっきりしたのですね」

「ええ」

嵐山は真顔になり、

「髭を剃ったあと、なぜか流どのの頼みを聞き入れなければならないという思いに駆られました」

「なるほど」

本来の自分が蘇ったのだろうと、源九郎は想像した。

「さっきの連中は押込み一味ですか」

嵐山がきいた。

「そうです。私が見た、広い肩幅に怒り肩の男がいました」

おくにが脇からすかさず言った。

源九郎は口に出すことをためらった。さっきの連中の統率のとれた攻撃や連携の動きなどを見ていると、単なる押込みの一味とは思えない。かなり、訓練された集団のような気がするのだ。

それに、大きな疑問を抱いた。

押込み一味にとって、おくにの存在が目障りだったはずだ。まっさきにおくにの口を封じることこそ肝心だったはず。それなのに、おくにの命をすぐにとろうとせず、まるで源九郎のほうに狙いがあるような様子だった。

「あの小屋を見てみる」

源九郎は明かりが灯っている小屋に向かった。

戸を開けて中に入る。土間に行灯《あんどん》の明かりが点いて辺りを照らしていた。鋤《すき》や鍬《くわ》などの道具が収まっていた。やはり、新田開発に使っていた道具を仕舞ってある物置小屋だ。

ひとが寝泊まりしていた形跡はない。

「我らを誘き出すために利用しただけだ」

源九郎は吐き捨てる。

「さっきの連中は十人近くいた。それだけの人数で、いつくるかわからない流どのたちをここで待ち伏せていたのでしょうか」

嵐山が疑問を口にした。

そうだ、敵にしたら、いつくるかわからないはずだ。たとえば、昼間にやってくるかもしれない。それとも、暗くなってからだと予想がついたのだろうか。

いずれにしろ、この付近に奴らの隠れ家があるのは間違いない。そう思ったとき、またも源九郎の頭の中である疑惑が膨らんでいくのがわかった。

しかし、そのことを気取られないように、

「引き上げよう」

と、源九郎はふたりに声をかけた。

両国橋を渡ったところで、源九郎はおくにと別れた。

「ひとりで帰してだいじょうぶですか。さっきの連中が先回りをしているとは考えられませんか」

嵐山は気にした。

「心配ない」

源九郎は本来なら配慮すべきことなのに、なぜかそう思った。

「やはり、おくにさんのことで何かを感じているのですね」

嵐山が鋭くきいた。

「何かとは？」

「おくにさんに不審なことがあります」

「なぜ、そう思うのだ？」

「おくにさんと喉元に刃を突き付けていた男に切羽詰まったものが感じられなかったんですよ。何だか形だけのような気がして。もっともほんとうにそうかどうかはわからないので、本気で賊に向かっていきましたが」

おくにを助けたときのことを、嵐山は話した。

「そうですか」

源九郎は大きく頷き、

「最初は、敵はおくにの口を封じようとしていると思っていたが、敵の狙いがおくにより私のような気がしてきた」

と、正直に答えた。

「流どのが標的？　なぜ、ですか」

「わからない」

源九郎は首を横に振った。

しかし、あの統率のとれた集団で思いつく一味がいる。だが、そこまで執拗に源九郎を狙うだろうか。

おくにについてもう少し調べてみなければなんともいえない。

そう思ったとき、ふと別のことが頭を過った。

「嵐山どの。明日の朝、付き合ってくださらぬか」

源九郎は表情を和らげて誘った。

「構いません。おくにのことで何か」

嵐山は素直に応じた。

「いえ。まったく別のことで」

「なんでしょう？」

「嵐山どのは仕官の口があったら、仕官なさるか」

源九郎はきいた。

「そんなことはないでしょう」

嵐山は儚《はかな》い笑みを浮かべた。

「仮にあったら？」

「………」

何か言いかけたが、嵐山はすぐ口を閉ざした。

「嵐山どのは、なぜ浪人に？」

「藩で次席家老たちが御用商人とつるんで不正を働いていたんです。その証拠を摑み、家老に訴えたら、何のことはない、家老が不正の黒幕だったんです。家老は私に罠をしかけて……」

「そういうことでしたか」

源九郎はさらにきいた。

「国にご家族は？」

「ふた親はなく、姉がおります。姉は藩の馬廻役の藩士に嫁いでいます。姉に迷惑をかけたくないので、ご家老と闘うことなく、藩を抜けたのです」

嵐山は悔しそうに言う。

「末を誓った女子《おなご》はいたのですか」

源九郎は確かめた。

「いません。私のような融通のきかない男は面白みがないのでしょう」

嵐山は自嘲ぎみに言ったが、端整な顔だちだから女にもてなかったわけではあるまいと、源九郎は思った。

「ところで、嵐山虎五郎という名だが」

源九郎は疑問を口にした。

「やはり、髭面と同じに相手を威嚇するための名乗りでは？」

「そうです。私の名は嵐山新三郎《しんざぶろう》と申します」

嵐山は名乗った。

「嵐山どの。明日、ぜひ、引き合わせたいお方がいる」

源九郎は心を弾ませて口にした。

二

翌朝、源九郎は嵐山新三郎を伴い、小伝馬町の鼻緒問屋『美濃屋』を訪れた。

番頭の房太郎が迎えに出て、

「流さま、よくいらっしゃってくださいました」

と言い、横にいる嵐山新三郎を気にした。

「私の友人の嵐山新三郎どのだ」

源九郎は引き合わせた。

「布川さまも先ほどお出でになりました。ただ、お嬢さまは半刻（一時間）ほど遅れてこちらにいらっしゃるそうです」

「そうですか」

源九郎はちょうどよかったと思いながら、布川が待つ部屋に向かった。

『美濃屋』の主人と布川が対座しており、源九郎はふたりに嵐山新三郎を引き合わせた。

「それでは私は」

主人は下がった。

「こちらの嵐山新三郎どのを布川さまは見たことがあるのです」

源九郎は切り出した。

「はて」

布川は首を傾げた。

「佐賀町にある一刀流の大河原三蔵剣術道場で、私と立ち合った御仁です」

「なに？」

布川は目を見開いた。

「確か、髭面の豪傑だったが？」

「そうです。そのときの道場破りが嵐山新三郎どの」

「まことか」

布川は驚きを隠せず、まじまじと嵐山新三郎の顔を見つめていた。

が、やがて布川は不思議そうな顔で、

「で、どうしてここに？」

と、きいた。

「布川さまに、嵐山どのの人物をみさだめてもらいたいと」

「剣の腕前は私と拮抗《きっこう》しております。そして、なにより、信じるにたる人物です」

「流どのは……」

源九郎の真意を悟って、布川は顔色を変えた。

「布川さま」

源九郎は真剣な眼差しを向け、

「私はゆえあって二度と仕官はしないと誓った身です。また、妻《めと》を娶ることも出来ません。布川さまの熱意にはありがたく感謝しておりますが、期待に応えることは出来ないのです」

源九郎は訴える。

「しかしながら、布川さまの熱い思い。この流源九郎の胸に響いております」

「…………」

何か言いかけたが、布川はすぐ口を閉じた。

「このことは決していい加減な気持ちでお話を持ち出すのではありません。私は嵐山新三郎どのと接し、このひとこそ私以上に布川さまの期待にお応えできると確信し、あえてこのような差し出がましい振る舞いに及びました」

「どういうことか」

源九郎の訴えも熱を帯びてきた。

「嵐山どのは、次席家老たちが御用商人とつるんで不正を働いていたことを突き止め、家老に訴えたところ、家老が不正の黒幕だったということです。ふた親はなく、姉がおります。姉は藩の馬廻役の藩士に嫁いでいます。姉に迷惑をかけたくないので、ご家老に追われるまま、藩を抜けたのです」

源九郎は嵐山新三郎が浪々の身になった経緯を語り、

「布川さま」

源九郎は身を乗り出し、

「もちろん、私の言葉を鵜呑《うの》みにして受け入れていただきたいとは申しません。これから、布川さまの目で嵐山どのをしっかりとお見極めください」

と、言ってから、

「最後に申し添えておきますが、嵐山どのとて何がなんでも仕官したいと焦っているわけではありません。仮に、布川さまが嵐山どのを気に入られても、嵐山どのが自分の生き方と合わないと判断したときは、嵐山どののほうからお断りをすることもありえます」

源九郎は息継ぎをし、

「要はお互いに相手を知り、その上で……」

「あいや」

布川は源九郎の言葉を制した。

「拙者は自分でもひとを見る目があると自負している。ずっと嵐山どのを見ていたが、流どのと相通じるものを感じた」

布川は目を細め、

「それに、流どのがこれほど熱弁を振るうのだ。間違いがあろうはずはない」

と、強い口調で言った。

「恐れ入ります」

源九郎は頭を下げた。

「嵐山どの」

布川は改めて嵐山新三郎に顔を向け、

「流どのからお聞き及びだろうが、拙者は西国の猿掛藩原島家の江戸詰の家臣でござる。馬廻役を務めております」

布川は続ける。

「じつは拙者には娘がおり、今十九歳です。藩でも評判の器量良し。しかし、美人であるがゆえに、嫁に欲しいとの申し込みがいくつもあり、それが上役からがほとんどでして。ご家老や次席家老さまからもあり、どなたを選んでも禍根を残しそうで、決めることは出来ません。もちろん、娘の気持ちを第一に考えたとしても、断られたほうは根に持つかもしれない。そう思うと、みなお断りする以外になかった」

布川は続ける。

「娘の婿は藩の外から見つけるしかないと思っていたところ、大河原道場で流どのの立ち合いを見て感銘したのです。流どのが娘の婿になってくれたらと」

布川はため息をつき、

「しかし、流どのに断られました。だが、流どのが推挙してくれたのが大河原道場での対戦相手だったとは思いがけぬ縁」

布川は間を置き、

「あの対戦で、流どのの技量に感銘したのは当然ながら、じつは対戦相手の髭面の浪人の潔さにも心打たれていたのです。闘わずして相手の技量を見極める眼力、この浪人もただものではないと。その浪人が目の前にいる嵐山どのだったとは」

と、感じ入ったように言う。

「もったいないお言葉」

嵐山は戸惑いながら、

「たいへんありがたいお話ですが、私について布川さまの買いかぶりかもしれません。どうか、しばらく私を見た上で、ご判断くださいますようお願い申し上げます」

「わかった。そうさせていただこう」

布川は頷いて言う。

「よかった」

源九郎は素直に喜んだ。

そのとき、障子の向こうから番頭の房太郎が声をかけた。

「お嬢さまがお出でになりました。向こうの部屋にお通しいたしましたが」

「では、ここに」

布川は応じた。

「では、私はこれで」

源九郎は腰を上げた。

「流どの」

嵐山新三郎が深々と頭を下げた。

布川も源九郎に向かって頭を下げていた。

源九郎は廊下に出た。内庭をはさんで反対側の部屋から房太郎が出て来、うしろから若い女がついてきた。

色白で、目鼻だちが整い、憂いがちな雰囲気の美しい娘だった。

嵐山新三郎との仲がうまく行くように祈りながら、源九郎は『美濃屋』をあとにした。


源九郎は小伝馬町から木挽町に向かった。

三十間堀沿いに並んでいる木々も葉を紅く染めていた。紅葉狩りで有名な寺社などにたくさんの見物人が押し寄せているらしい。

源九郎は、ふと那須山藩飯野家にいたころのことが蘇った。屋敷に近い古刹の庭で見事な紅葉を楽しむことが出来、妻の多岐といっしょに散策に出かけたものだ。

一刻の感傷は紙問屋『志摩屋』が見えてきて消し飛んだ。

店先は客の出入りが多い。

源九郎は『志摩屋』の裏口にまわった。

昼近い。四半刻（三十分）ほど待って、裏口が開いた。

若い女中が出てきた。十五、六歳か。

源九郎は近づいて声をかけた。女中は驚いたように身を引いた。

「すまない。怪しいものではない。以前、こちらで女中頭をしていたおくにさんのことで来たのだ」

「おくにさん……ですか」

女中は用心深くきく。

「そう。おくにさんだ」

「おくにさんはとうに辞めましたけど」

女中はおそるおそる答える。

「そうらしいね」

源九郎は頷き、

「おまえさんはおくにさんを知っているんだね」

と、改めてきいた。

「私が奉公に上がったときの女中頭でしたから」

「奉公に上がったのはいつだね」

「半年近く前です」

「では、今の旦那になってから？」

「はい」

だんだん女中は警戒心を解いていったようで、答えてくれるようになった。

「おくにさんはどうしてお店をやめたのかわかるか」

源九郎は一歩踏み込んだ。

「旦那さまと反りが合わなかったようですから」

「反りが合わないとは？」

「前の旦那さまはすべて任せてくれたけど、今の旦那は細かいことにも口出しをするからと言ってました」

「そういえば、出入りの業者も今の旦那になってから変わったそうだね」

「はい」

「ところで、おくにはいくつぐらいだ？」

源九郎はいよいよ核心に触れた。

「三十一、二歳だったと思います」

「三十一、二歳？　若く見えるのか」

「いえ、年相応だったと思いますけど」

女中は慎重に答える。

「細身だったか」

「いえ。小肥りでした」

「小肥り？」

源九郎は厳しい顔になり、

「間違いないか」

と、きいた。

「ええ、間違いありません」

「そうか。で、おくには今どうしているか知らないか」

「巣鴨《すがも》村の実家に帰ったと聞いています」

「巣鴨村？　おくにがそう言っていたのか」

「そうです」

「それにしても、おくにのことをよく覚えていたな」

源九郎は感心するように言った。

「奉公に上がったときから、おくにさんにはいろいろ教わり、よくしていただきましたから」

「面倒見がよかったのか」

「はい」

「おくにに妹はいるか聞いていないか」

源九郎の前に現われたおくには女中頭のおくにとは別人だ。だが、妹が姉に代わっておくにになりすまして押込み一味を追及しようとしたとも考えられる。

「いえ、聞いたことはありません」

塀の裏側で物音がした。

「早く買い物に行かないと。叱られてしまいます」

女中はあわてて言う。

「すまなかった」

表通りに小走りで行く女中を見送り、源九郎もその場を離れた。

おくにが偽者らしいことに思いを巡らせながら、柳原通りから柳原の土手に上がり、新シ橋に差しかかったとき、橋を渡ってくる岡っ引きの市兵衛と出会った。同じ岡っ引きらしい男といっしょだった。

「流さま」

市兵衛が声をかけてきた。

「親分、殺しの現場を見に？」

源九郎はきく。

「神田明神境内の料理屋『柳家』に行ってきたところです。あっ、流さま、こちらはあっしの先輩で、木挽町の『志摩屋』の押込みの探索をしていた富蔵親分です」

市兵衛は引き合わせた。

源九郎と富蔵がお互い名乗りあったあと、

「流さま。市兵衛からききましたが、女中頭のおくにが押込み一味を目撃していたということでしたね」

と、富蔵はきいた。

「それが、今『志摩屋』に行き、若い女中にきいてきたのですが、私の前に現われた女中頭のおくには別人のようなんです」

源九郎は経緯を説明した。

「その女は何のためにおくにの名を騙ったのでしょうか」

「まだ、はっきりはわかりませんが、利用しただけで、押込みとは関係ないようです」

「そうですか」

三人は橋を下り、栄助の死体が見つかった辺りの土手に移動していた。

「親分。殺された栄助がはじめて『柳家』に上がったときの相手、『伊勢屋』の松太郎と名乗った男について何かわかったのか」

源九郎はきいた。

「じつは松太郎の特徴について、『柳家』の女将と栄助のかみさんでは言うことが食い違っていたんです」

市兵衛が説明し、

「ところで、『志摩屋』の現在の主人竹次郎は神田三河町の扇問屋『福島屋』の主人だったのですが、『志摩屋』に移ったあと、それまで番頭だった時之助という男が『福島屋』を任されているんです」

と、そこで息継ぎをし、

「その時之助は、栄助のかみさんのおまさが話していた細面で尖った顎の先に黒子という特徴とぴったしでした。それで、おまさに顔を見てもらったら、細面で尖った顎の先に黒子というのは勘違いだったと言い出したんです」

「前言を翻した？」

「ええ、『柳家』の女将が言うように、四角い顔で、黒子は右眉の横にあったと」

市兵衛は憤然と言う。

「『柳家』の女将から何か言われたのでは？」

「そう思い、『柳家』の女将に会ってきました。おまさに発言を翻すように命じたことはないと否定しましたが、どうやらおまさは『柳家』に復帰するようです」

「復帰？」

「栄助はあまり金を残していなかったようで、働きに出なければならなくなったということです」

市兵衛は口元を歪め、

「おまさは女将に言われて発言を翻したに違いありません。ですが、その証がなく、それ以上追及できないのです」

と、吐き捨てた。

「ただ、『福島屋』の時之助が栄助と会っていたとしたら……」

富蔵の目が鈍く光った。

「筋書きが見えてきた」

源九郎は鋭い目をし、

「つまり、『志摩屋』の押込みは『福島屋』の主人だった竹次郎が黒幕で、番頭の時之助が栄助を使って仲間を集めさせて押込みを働かせた」

と、想像を口にした。

「なるほど」

「親分、栄助はもともと『福島屋』にいた男じゃないか」

源九郎はさらに続ける。

「そういえば、親が病気になったというので信州に帰った奉公人がいたと、時之助は言っていた」

「その男が栄助では？　親の病気云々《うんぬん》は嘘で、ほんとうは店の金を使い込んで解雇され、その後押込みに誘われたのではないか」

源九郎は想像を口にした。

「そうだ、そうに違いない」

富蔵が声高に言い、源九郎の言葉を引き取った。

「押込みの報酬で、栄助はおまさの借金を肩代わりし、所帯を持って『紅屋』を開店させた。しかし、商売は振るわず、損失を埋めるために栄助は竹次郎か時之助に無心した。脅迫に近いものだったのか」

「間違いねえ」

市兵衛も声を上擦らせ、

「栄助を殺したのは顔見知りの男だ。金を渡すと言われて誘き出され、新シ橋の近くで襲われたのだ」

と、言い切った。

「よし、あとは証を探すだけだ」

富蔵は声を弾ませた。

ここにきて、『志摩屋』の押込みが解決出来るのだ。富蔵の昂《たかぶ》りは理解できる。また、市兵衛も栄助殺しの下手人を挙げられる。

勇んで引き上げるふたりと別れ、源九郎はいったん元鳥越町に戻った。

三

源九郎は、改めて長屋を出て、長谷川町に赴いた。建具職をしている万吉の家はすぐわかった。

表通りに面して、屋根看板に建具万吉と書かれていた。間口五間（約九メートル）ほどで、半分に戸障子が描かれた暖簾がかかっていた。

敷居を跨《また》ぐと、広い板敷きの間で、職人たちが襖や障子などを作ったり、修理などをしたりしていた。

源九郎は近くにいた見習いのような若い男に声をかけた。

「親方に会いたいのだが」

「はい、どちらさまで」

「流源九郎と申す」

「少々お待ちください」

若い男は奥に行った。

すぐに、中肉中背で髪が薄い万吉がやってきた。

「これは流さま」

「おくにさんは来ているか」

源九郎は真先にきいた。

「おくにさんですか、いえ」

「来ていない?」

「はい。おくにさんに何か」

「じつは広い肩幅に怒り肩の男を見つけたが逆に襲われた。用心して、万吉さんのところでしばらく匿《かくま》ってもらうようにと……」

「いえ、私はあれからおくにさんに会っていません」

万吉は戸惑いぎみに答える。

「そうか」

源九郎は万吉の目を見つめ、

「ききたいことがあるのだ」

「なんでしょうか」

万吉は板敷きの間からおりてきた。

源九郎は職人たちの耳に入らないように土間の隅に立ち、

「万吉さんは『志摩屋』に出入りをしているとき、女中頭のおくにさんとは顔を合わせたことがあるのか」

と、きいた。

「いえ」

間を置いて、万吉は答えた。

「会っていない？」

「はい。私は旦那や内儀さんに挨拶をしていたので、女中頭のおくにさんとは直接会ったことはありません。亡くなった旦那と将棋を指していたとき、おくにがよくお茶を運んでくれていたそうですが……」

「女中頭がおくにという名だということは知っていたのか」

「はい。それは、旦那や内儀の口からその名が出ていましたから」

万吉は不安そうな顔で、

「おくにさんがどうかしたのですか」

「女中頭のおくにさんは、三十一、二歳、小肥りだったそうだ」

源九郎は若い女中から聞いたと告げた。

「…………」

万吉は不思議そうな顔をした。

「あのおくには別人だ」

「えっ？」

万吉は顔色を変えた。

「じゃあ、あのおくにさんは……」

「おくにが万吉さんの前に現われた経緯を詳しく話してくれませんか」

源九郎は促した。

「わかりました。ここではなんですから」

万吉は源九郎を客間に通し、改めて口を開いた。

「半月ほど前のことです。ふいに、若い女が訪ねてきて、自分は『志摩屋』で女中をしていたおくにと申しますと」

そう言い、万吉はそのときのことを思いだしながら語った。

万吉は『志摩屋』におくにという女中頭がいたことを知っていた。だから、万吉は確かめた。

「おくにさん？　確か、女中頭をしていた……」

「はい、そのおくにです」

女中頭にしては若いと思ったが、はっきりした物言いと毅然《きぜん》とした態度に、若いがそれだけの器量があるのだろうと思った。

「二か月前に『志摩屋』を辞めました。今の旦那のやり方についていけないからです」

「そうか。おまえさんも辞めたのか。俺も出入り差し止めになった。他にも何人もいる。今の旦那は先代の色をすべて消そうとしている」

万吉は顔をしかめた。

「親方」

おくにが切羽詰まった声で、

「じつは私、押込みがあったとき、たまたま厠に入っていたのです。旦那さまや内儀さんの悲鳴が聞こえ、私は怖くて震えていました。しばらくして厠の窓から庭を見たら黒装束の男の背中が見えました。広い肩幅に怒り肩の男です」

「なに、そんなことがあったのか」

「はい」

「顔は見ていないのか」

「見ていません」

「そのことをお役人には？」

「いえ、話していません。あまりに恐しくて、すっかり忘れていたんです」

おくには俯いた。

「でも、半月ほど前、両国橋を渡っていたら目の前を広い肩幅に怒り肩の遊び人ふうの若い男が歩いていたんです。私はたちまち押込みのときを思いだしました」

おくには厳しい顔つきで、

「私が厠で見た男に間違いありません。世の中に、広い肩幅に怒り肩の男がたくさんいようが、私が見たのはたったひとりの男。その男に間違いありません」

と、訴えた。

おくにの言葉は自信に満ちていた。

「なら、奉行所に訴えたらどうか」

万吉は言った。

「いえ、無理です。実は思い出してすぐに行ったのです。でも、押込みから五か月経って、じつは厠から一味のひとりを見ていましたと、今さら訴え出ても相手にしてもらえませんでした」

おくには冷めた声で言う。

「確かに、そうだろうな」

万吉は、ではどうするのかと、おくににきいた。

「私が見た男を捜し、一味の隠れ家を見つけます。その上で、奉行所に訴えます」

「しかし、そんなことが出来ようか」

万吉は疑問を持った。

「やってみます。私が見た男は両国橋を渡っていました。きっと、本所か深川辺りに住んでいるのではないかと思い、本所、深川の盛り場を捜しまわっています。きっと見つけだすことが出来ると信じて」

おくには息継ぎをし、

「ただ、困ったことが」

と、弱音を吐いた。

「女の私が盛り場を歩き回っていたら、いろいろな男に声をかけられ、しつこく付きまとわれたり、ごろつきに絡まれたり……」

「そうだ。俺もそれが心配だ。それに、賊のひとりを見つけたとしたら、かえって身に危険が及ぶかもしれない。『志摩屋』で女中頭だったと知られたら殺されかねない」

万吉も憤然と言う。

「親方、お願いです。腕の立つ用心棒を依頼したいのです」

「用心棒か。それがいいかもしれないな。腕の立つ浪人さんは何人か心当たりはある。きいてみよう」

万吉は請け合った。

だが、おくには首を横に振った。

「じつは、佐賀町の大河原道場で、流源九郎という浪人さんは道場破りを闘わずして追い払ったそうです。武者窓から見ていた見物人の誰もが、その凄さに圧倒されたそうです」

「ほう、そのようなことが。しかし、俺が知っているお侍さんも腕は確かだ」

「いえ、ぜひ、流さまに。お願いです。親方から流さまにお願いしてもらえないでしょうか」


「他の浪人を推薦したが、おくにが私にしたいと?」

源九郎は万吉の話に割って入った。

「そうです。どうしても、流さまにお願いしたいと」

「おくには大河原道場での噂を聞いただけか」

「そうです」

「なぜ、おくには自分で頼みにこようとしなかったのだ」

源九郎は疑問を口にする。

「私では信用されないからと言ってました」

おくにから直に頼まれたら、源九郎は『志摩屋』に赴き、女中頭のおくにについて調べたかもしれない。

だが、建具職の万吉を介せば、そこまで調べはしないと考えたのだろう。確かにそうだった。

「おくにさんは『志摩屋』とはまったく関わりのない女だったのでしょうか」

万吉がおそるおそるきいた。

「おそらく。だが、おくにという女中頭がいたことや、建具職の万吉さんが出入りをしていたことは知っていた。私に近づくために利用出来ると思って調べたのだろう」

源九郎は言ってから、

「おくにについて何か気づいたことはないか」

と、きいた。

「いえ。特には何も。なにしろ、『志摩屋』の女中頭だったことを疑いもしませんでしたから」

万吉は言ってから、

「しいていえば、凛としていて、女中とは思えない雰囲気だったことぐらいでしょうか。動きも機敏そうでしたし」

「もし、おくにが万吉さんを訪ねてきても、今の話は内密に。おくにとは何ごともなかったように今までどおり接するように」

源九郎は頼んで話を切り上げた。

長谷川町から米沢町にやってきた。

軒下に下がった銭の絵が描かれた木札が風に揺れていた。金貸しの平蔵の家だ。源九郎は戸を開けて中に入った。

いつものように、帳場格子に番頭の欣三が座っていた。

「これは流さま」

欣三が愛想笑いを浮かべ、

「すぐに主人を呼びます」

「いや、そなたでいい。じつは、多助《たすけ》に頼みたいことがあるのだ」

「わかりました。あとで長屋に伺うように連絡しておきます」

一度、塀を乗り越えられる身の軽い男を世話してもらいたいと頼んだところ、多助という男を紹介してくれたのだ。

「頼んだ」

欣三に言い、源九郎は土間を出た。

いったん長屋に帰り、すぐ『呑兵衛』に行った。

暖簾がかかったばかりで、まだ他に客はいなかった。

源九郎は小上がりのいつもの場所に腰を下ろし、お玉に酒を頼んだ。よく顔を合わせる近所の隠居が仲間と連れ立ってやってきた。さらに、行商人らしい男も入ってきて、いつの間にか賑やかになっていた。

酒をちびりちびりとのみながら源九郎はおくにに思いを馳せた。

おくにの狙いは源九郎であることに間違いない。『志摩屋』の押込み一味を追い詰めるふうを装いながら、源九郎を仲間のところに誘き出すのが狙いだったのだ。

不審な点はいくつかあった。その最たるものが、押込み一味がおくにの命を奪おうとしなかったことだ。押込み一味にとって、おくにこそ口封じをすべき存在であるはずだ。それなのに、おくにを殺そうとせずに人質にとって源九郎に脅しをかけた。

源九郎を襲った連中は押込みの一味ではない。統率のとれた攻撃や連携の動きなどかなり訓練された集団だ。

思い当たるのは葛城の藤太……。

大和の国の山奥に棲む、謀略と奸計に長けた忍びの集団の頭が葛城の藤太である。

播州美穂藩江間家は老中の水島出羽守に目をつけられていた。江間家を貶めようと出羽守は葛城の藤太一味を使い、卑劣な策略をめぐらせた。その江間家の危機を、源九郎は救った。

企みを阻止した流源九郎は、出羽守にとって憎むべき相手だ。だから、葛城の藤太一味を使って、源九郎を斃《たお》そうとした。おくには藤太の仲間だ。心を落ち着かせようと、源九郎は大きく息を吸い込んで吐いた。おくにはまだ正体がばれたとは思っていないはずだ。このあと、おくにはどう出てくるか。

戸が開いて、冷たい風が吹き込んだ。

戸口に小柄で細身の男が立った。

源九郎と目が合うと、まっすぐ近づいてきた。多助だ。

「流さん、なんでしょう」

多助は源九郎の向かいに座った。二十七、八歳。眼光は鋭い。

「まあ、呑め」

源九郎は自分の猪口《ちょこ》を懐紙で拭いて多助に渡した。

「へえ、いただきます」

源九郎は酌をする。

多助が呑み干してから、

「深川にある某大名家の下屋敷に忍び込んでもらいたい」

と、小声で言う。

「何かを盗むんですかえ」

「いや、ある一味がいるかどうかを確かめたいのだ。その中に、広い肩幅に怒り肩の男がいるはずだ」

「いるかどうかを確かめるだけですか」

多助は拍子抜けしたようにきく。

「そうだ。明らかに、家臣とは違う者たちが十人ぐらいいるはずだ。中に女もいる。そのことを確かめるだけだ」

「わかりました。で、どなたの下屋敷ですかえ」

「老中の水島出羽守だ」

「面白い」

多助は声を弾ませた。

「下屋敷とはいえ、出羽守の屋敷に忍び込むのは腕が鳴りますぜ。では、今夜にでも」

「場所はわかるか」

「辻番所でききます。では」

多助は腰を浮かせ、

「明日の朝、お知らせにあがります」

「すまない」

源九郎は多助を見送った。

多助と入れ代わるように、留吉が暖簾をかきわけて入ってきた。


翌朝、朝餉が済んで、器を洗い終えたあと、腰高障子が開いて、多助が土間に入ってきた。

「おはようございます」

多助は上がり框の傍に立ち、

「出羽守の下屋敷に忍び込みましたが、流さんが仰るような連中はいませんでした」

と、早速告げた。

「いない？」

源九郎は思わず首をひねった。

そんなはずはない。深川の小名木川に沿って横十間川を越えた付近で二度までも襲われた。が、賊は神出鬼没に現われ、また消えた。

隠れ家が近くにあるからだ。老中水島出羽守の下屋敷に賊が潜んでいる。そう考えたのだが……。

待てよ。源九郎はあっと声を上げた。

もともと、葛城の藤太一味を手足として使っていたのは水島出羽守と親戚関係にある浜松藩水島家だ。

浜松藩水島家の藩主忠光は寵愛する本柳雷之進が仇討ちにより果てたことで、仇討ちの助っ人をした松沼平八郎に刺客を送った。その刺客が葛城の藤太一味だ。

「多助、あの界隈に浜松藩水島家の下屋敷があるはずだ。そこを調べてもらえぬか」

「浜松藩水島家ですね」

多助は厳しい顔で呟き、

「わかりました。やってみます」

多助は引き上げた。

四

昼前、市兵衛は神田明神境内にある料理屋『柳家』の裏門が見える場所に立っていた。

流源九郎の想像どおり、三年前に『福島屋』を辞めさせられたのが栄助だとわかった。店の金をくすねたことが理由だが、奉行所には突きだされなかった。

その後、栄助は旗本屋敷に中間《ちゆうげん》として奉公したり、盛り場の地廻りの仲間になったりしていた。木挽町の『志摩屋』の押込みについて再び調べだした富蔵は、栄助と親しくなった旗本屋敷の中間仲間ふたりを探り出していた。やはり、ふたりとも半年前から金回りがよくなっていた。

若い女がやって来るのが目に入った。『柳家』の裏門に向かって行く。

市兵衛はすぐ動いた。女の前に立ちふさがるように立った。

「俺はお上の御用を預かる市兵衛というものだ。おまえさん、『柳家』で働いているんだな」

「はい」

不安そうな顔で、女は頷いた。

「つかぬことをきくが、『柳家』に神田三河町にある扇問屋『福島屋』の主人はやってくるかえ」

「…………」

「どうなんでえ」

「わかりません」

女は顔を強張らせた。

「もう一度きく。『福島屋』の主人時之助はやってくるか」

「………」

女は俯いた。

「どうした？　口止めされているのか。そうなんだな」

女はこくんと頷いた。

「そうか」

返事をきかなくてもわかった。黙っていることは認めているのと同じだ。

「では、もうひとり。木挽町の『志摩屋』の主人竹次郎はやってくるか」

「………」

「いいか。こんなことは他で調べればすぐわかることだ」

女は口を開きかけたが、すぐ閉ざした。

「来ているな」

女は再び俯いた。

「ひょっとして、『福島屋』の時之助といっしょではないのか」

市兵衛は鋭くきき、

「心配するな、おまえさんから聞いたとは言わない。どうなんだ?」

と、なだめた。

「そうです」

女は小さな声で答える。

「ふたりは『柳家』の上得意か」

「はい」

「わかった。行っていい」

市兵衛が言うと、女は逃げるように『柳家』の裏門を入って行った。

市兵衛はそこでさらに待った。

四半刻(三十分)後、おまさがやってきた。

市兵衛はおまさの前に出た。

「親分さん」

おまさが眉根を寄せた。

「おまさ。栄助のことできききたいことがある」

「なんでしょう」

「栄助がおまえさんの借金を肩代わりし、さらに『紅屋』を開店させた元手についてだ」

市兵衛は続ける。

「それは栄助さんが以前に奉公していたときに貯めた……」

「どこに奉公していたんだ？」

「いえ、知りません」

「神田三河町にある扇問屋『福島屋』だ」

「えっ？」

「栄助は扇問屋『福島屋』で奉公していたが、三年前に店の金を使い込んで解雇されていたんだ」

「………」

「だから貯えなんかなかったはずだ。仮に、まっとうに働いていたとしても、店を持つ元手など稼げるはずはない」

「じゃあ、どうしてお金を持っていたのですか」

「わからねえか」

市兵衛は鋭く言う。

「…………」

「その前に、もう一度きく。『柳家』に栄助といっしょにきた男は誰だ？」

「知りません」

「とぼけると、おまえさんにとってもまずいことになるぜ。おまさ」

市兵衛が鋭く名を呼んだ。

「おまえは、最初、栄助といっしょにきた男は細面で尖った顎の先に黒子がある男だと言った。それは当時、『福島屋』の番頭だった時之助の特徴と同じだ。ところが、その後、おまえは言うことを変えた」

「違います。私の勘違いだったのです」

「言い訳はいい」

市兵衛はぴしゃりと言い、

「いいか。『福島屋』の番頭時之助と栄助が『柳家』に現われてしばらくして、『志摩屋』に押込みが入ったのだ。その結果、どうなった？『福島屋』の主人だった竹次郎が『志摩屋』に入り、番頭だった時之助が『福島屋』の主人だ。どういうことかわかるか」

「…………」

おまさは口をわななかせた。

「押込みの首謀が『志摩屋』の竹次郎。『福島屋』の時之助と栄助はその一味だ」

市兵衛はつづける。

「栄助は分け前の金で、おまえさんの借金を返し、『紅屋』をはじめた。だが、商売は振るわず、損失が嵩み、栄助は竹次郎と時之助にまとまった金を要求した。脅迫だ。だが、逆に殺されたのだ。おそらく、時之助の仕業であろう」

おまさは顔色を失っていた。

「おまさ、このままではおまえは押込みの仲間とみなされる」

「違います。私は何も知りません」

おまさはかぶりを振って叫んだ。

「では、きく。栄助といっしょにきた男は『福島屋』の時之助ではないのか」

「まだ、庇うのか」

「…………」

「違います。女将さんから頼まれて嘘をついていました。そうです、栄助といっしょにきた男は『福島屋』の時之助さんです」

おまさは震える声ではっきり言った。

「よし。これから俺が今話したことを女将に告げるんだ。押込みの一味と思われたくなければ、ここにやって来いと伝えるのだ。俺の追及で止むなく白状するより、女将自らの意志で真実を話したことになれば、女将への疑いを解くことが出来るとな」

「はい」

おまさは裏門を入って行った。

『志摩屋』の竹次郎と『福島屋』の時之助は『柳家』の上客だ。よけいなことに巻き込まれたくないから、栄助といっしょだった男のことは黙っていてくれと頼まれたのだろう。まさか、押込みに関わっているとは想像もせずに、女将は請け合ったのだ。

四半刻（三十分）後、裏門から女将が現われた。

「親分さん、嘘をついていました」

何もきかないうちから、女将は口を開いた。

その日の昼過ぎ、市兵衛は同心の石川鉄太郎とともに『福島屋』に赴いた。

土間につかつかと入ってきた市兵衛に、時之助は顔をしかめ、

「親分さん、いったい何用で？」

と、不快そうにきいた。

「神田相生町にあった『紅屋』の主人栄助殺しで、ききたいことがある。大番屋まで来てもらおう。それから、そこにいる番頭もいっしょだ」

市兵衛は主人の時之助と番頭を大番屋にしょっぴいた。

「番頭のおまえが『紅屋』の店先に行き、栄助を新シ橋の近くまで誘き出し、そこで待っていた時之助が匕首で……」

「とんでもない。とんだ濡れ衣だ」

時之助が喚くように言う。

「神田明神境内にある『柳家』に、おまえは栄助といっしょに上がったな。そこで、おまえは栄助に『志摩屋』への押込みの計画を話した。いや、すでに話し終えたあとで、分け前のことを話し合うために『柳家』に上がったのかもしれぬな」

「あっしには何のことか」

「しらばくれるんじゃねえ。ねたは上がっているんだ。栄助は三年前まで『福島屋』で働いていたそうではないか」

「…………」

「どうだ、観念してありていに言うんだ」

「確かに栄助と会いました。でも、押込みの計画など、とんでもない」

「栄助の仲間はすでに捕まえてあるんだ」

市兵衛は口にした。

富蔵が栄助の中間仲間をすでに別の大番屋にしょっぴき、押込みの取調べをはじめていた。

「『志摩屋』に押し入ったのはおまえをかしらとする栄助たちだな。『志摩屋』の松太郎夫婦と番頭を殺したのもおまえか。それとも竹次郎か」

市兵衛は鋭く追及した。

時之助は青ざめた顔で震えていた。

五

あれから、おくにから何も言ってこない。

源九郎は長谷川町の長屋におくにを訪ねた。しかし、住人によると、おくには数日前から帰ってきていないということだった。

それから、建具職の万吉の家に行った。

「おくにさんとはしばらく会っていません。どうしたのでしょうか」

万吉は戸惑いぎみに答える。

「他に心当たりは？」

源九郎はきいた。

「いえ、ありません」

自分の正体が暴かれたと思って逃げたか。しかし、そのことはまだ気取られていないはずだ。

二度の襲撃失敗で、源九郎を討つことを諦めたのか。それとも新たな作戦を考えているところか。

昨夜、多助がやってきて、浜松藩水島家の下屋敷が猿江村にあり、そこに忍んだところ、十人ほどの裁っ着け袴の侍たちが長屋にいたと知らせてくれた。

葛城の藤太一味だと、確信した。女がいたかどうかは気づかなかったという。

おくにがほんとうに葛城の藤太一味の者か。それとも何らかの理由で、源九郎を罠にはめる役割を負わされたのか。

源九郎は長谷川町から引き上げ、浜町堀を過ぎ、柳原通りを越えて土手に向かった。

古着を売る床店の脇を通ったとき、射るような視線を感じた。そのまま土手に上がる。何者かがあとをつけてくる。

待ち伏せていたか。

源九郎は新シ橋の袂で立ち止まった。振り返ると、宗匠頭巾をかぶり、白い顎鬚《あごひげ》を生やした俳諧師か絵師らしい男が杖をつきながらゆっくり近づいてきた。

源九郎は待った。あの杖は仕込みに違いない。

宗匠頭巾の男は源九郎の前で立ち止まった。

「俺を待っていたのか」

源九郎は問いかける。

「そうだ」

「葛城の藤太一味の者だな。いや、葛城の藤太か。その白い鬚も変装のためだろう。年寄りに化けているがだいぶ若そうだ。だが、他の者とは違う迫力がある。名乗ってもらおうか」

「葛城藤十郎《とうじゆうろう》」

「葛城藤十郎？　藤太の身内か」

「そういうことだ」

「葛城の藤太はなまじのことでは姿を現わさないか。いずれにしろ、そなたが今の一味の頭領だな」

源九郎はそう決めつけ、

「なぜ、俺を執拗に狙うのだ?」

と、問い詰める。

「我らの邪魔をしたからだ」

「老中水島出羽守の企みを阻止したことか」

「そうだ。我らの工作がほとんどうまくいっていたのにそなたのために失敗した」

「だからか」

「その恨みだ。だが、そればかりではない」

藤十郎は鋭い目をくれ、

「これからも邪魔をされかねないからだ」

「まだ、性懲りもなく、美穂藩江間家を潰そうとするのか」

源九郎は激しく迫る。

「なぜ、江間家に味方をする?」

藤十郎が逆にきいてきた。

「味方をしたわけではない。たまたま、出羽守の陰謀の相手が江間家だっただけだ。

相手がどこであろうと、正義のために闘うまでだ」

源九郎は敢然と言い放つ。

「松沼平八郎」

いきなり、藤十郎が口にした。

「そなたは松沼平八郎だからではないのか」

「それは誰だ？」

源九郎は平静を装ってきき返す。

「そなただ」

「俺は流源九郎だ。松沼平八郎など知らぬ」

源九郎はしらを切る。

「まあいい」

藤十郎は含み笑いをした。

「それより、なぜ、今になって俺の前に現われたのだ？　まさか、ここで一対一で決着をつけようと言うのではあるまい？」

源九郎は藤十郎の意図を訊ねた。

辺りに、一味の者が潜んでいる気配はなかった。

「ひとりでそなたを斃せるとは思っていない」

藤十郎は正直に言う。

「では、なぜだ？」

源九郎は続けた。

「一味の女を『志摩屋』の女中頭おくにに仕立て、押込みを捜す体《てい》にて俺を誘き出した。だが、俺がおくにの正体に気づいたと察し、作戦を変えたか」

「そうだ、『志摩屋』の押込みの真相が明らかになりそうだ。あの女もこれ以上そなたを騙し続けることは出来なくなった」

藤十郎は冷笑を浮かべた。

「あの女？　冷たい言い方だな」

源九郎は不快になって、

「おくにはどうした？」

と、きいた。

「捕らえて監禁している」

「捕らえた？　どういうことだ？」

源九郎は耳を疑った。

「あの女は役目に失敗した」

「失敗？」

源九郎は啞然としてきいた。

「失敗は許されない」

「俺を斃すことか」

源九郎は相手を睨み付け、

「あの女は二度も俺を誘き出すことに成功している。俺を斃せなかったのはそなたの仲間の力不足ではないか」

と、言い放つ。

「いや」

藤十郎は首を横に振る。

「最初から、そなたを斃すのはあの女の役目だった」

「どういうことだ？」

「あの女は吹矢の名手だ」

「吹矢……？」

二度目の襲撃のとき、吹矢の矢が源九郎目掛けて飛んできた。払い落としたが、凄まじい攻撃だった。

「あれは、おくにが……」

「そうだ。我らの手下との乱闘になった油断をついて吹矢でそなたを斃す。そういう手立てだった。だが、失敗した。失敗は許されない」

「手下のほうが失敗している。手下も処分するのか」

「いや、あの女だけだ」

「ばかな」

「あの女は今夜五つ（午後八時）に制裁を加える。場所は十万坪の一橋家の下屋敷の裏手だ。そのことを伝えるために待っていた」

「なぜ、それを伝える？」

「そなたがやってきたら、三度目もそなたの誘き出しに成功したということで、あの女の命は助ける」

「俺を誘き出す手立てであったか」

源九郎は呻くように言う。

「来る来ないは、そなたの勝手だ。ただ、来なければ、明日の朝、そなたの長屋に女の髷を持参する。わかったか」

「卑怯ぞ」

源九郎は刀の柄に手をかけた。

「わしを斬っても無駄だ。今夜五つに一橋家下屋敷の裏手だ」

そう言うや、男はいきなり踵を返し、新シ橋を渡った。そして、橋の真ん中から振り向いた。

「また、会おう」

宗匠頭巾に白い顎鬚を生やした藤十郎は凄まじい速さで姿を消していった。

源九郎は茫然と見送っていた。

源九郎は多助のところに寄ってから長屋に戻った。

明らかに罠だ。おくにがわざと吹矢の狙いを外したとは思えない。それに、それだけのことで、仲間に制裁を加えるとは考えられない。

だが、万が一ということもあり得る。

行かねばならない。そう思った。

源九郎は刀をとり、刃を上にして持ち、静かに刀を鞘から抜く。それから、目釘を抜き、柄を握った手首をもう片方の手で叩き、柄から刀身を外した。

そして、刀身の古い油を拭き取る。新たに油を塗り、何度か拭き取る。刀身が白く輝いて見えた。

罠かもしれないが、行かざるを得ないと、源九郎は改めて意を決した。

表から声がして腰高障子が開いた。

小伝馬町に店を構える鼻緒問屋『美濃屋』の番頭房太郎が顔を出した。

源九郎が刀を抜いていたので、房太郎はぎょっとしたように立ちすくんだ。

「すぐ終わる」

源九郎は刀を鞘に納めた。

「脅かしてすまない」

「いえ」

房太郎は上がり框まで近付き、

「流さま。布川さまに頼まれてご報告にあがりました」

と、弾んだ声で切り出した。

「嵐山新三郎さまとの養子縁組がお決まりになったと」

「そうか。それはよかった」

源九郎はほっとした。うまくいくと思っていたが、いざ叶ってみると、喜びもひとしおだった。

「いま、『美濃屋』に布川さまとお嬢さまがお見えで、嵐山さまもお出でになるそうです。つきましては、流さまにお越しいただけないかと」

房太郎は続けて、

「ぜひ、流さまにお礼を申し上げたいそうです」

と、訴える。

「布川さまや嵐山どのにお祝いを言いたいのだが、今夜はどうしても行かねばならない用事があるのだ。おふた方に、よしなにお伝えを」

源九郎は断りを入れた。

「さようでございますか。ご用がおありでは仕方ありません」

房太郎は残念そうにため息をつき、

「では、失礼します」

と、引き上げた。

暮六つ（午後六時）の鐘が鳴りだしたのを聞いて、源九郎は長屋を出た。

浅草御門を出て、両国広小路を突っ切り、両国橋に差しかかった。

ふと目の前に現われた男がいた。

「流どの」

嵐山新三郎だった。

「なぜ、ここに？　『美濃屋』で布川さまとごいっしょでは？」

源九郎はきいた。

「番頭の房太郎が妙なことを言っていた。流どのが厳しい表情で刀の手入れをしていたと。ひょっとしてと思い、ここで待っていました」

新三郎は続けた。

「また深川に行くのですね。この前の連中」

「…………」

「ごいっしょします」

「待たれよ」

源九郎は制した。

「これは拙者だけの問題。嵐山どのは大事な仕官を控える身。差し障りがあってはならぬ。『美濃屋』に戻られよ」

「そうはいかぬ。流どのは私の恩人。そのお方の窮地に手を拱《こまね》いているわけにはいかぬ」

「そなたはもはやひとりではない、布川さまやお嬢さまもいらっしゃる。そのことを考えよ」

「…………」

「それに、確かに窮地だろうが、拙者ひとりならなんとか切り抜けられる。心配無用」

源九郎は諭す。

新三郎は歯噛みをして俯いた。

「そなたの気持ちはありがたく受け取っておく。だから、ひとりで行かせてくれ」

「流どの」

新三郎は感情をたぎらせて叫んだ。

「では」

源九郎は新三郎の脇を擦り抜け、橋を渡りだした。

途中で振り返ると、新三郎は深々と頭を下げていた。

源九郎は小名木川沿いを東に向かった。

大横川と交差し、今度は大横川を南に向かう。左手に、広大な一橋家の下屋敷が闇に眠っている。

その下屋敷の裏手にまわった。出の遅い月が上ってきて、枯れ木や雑草で覆われている荒野を照らしている。海が近く、潮の香りがする。

風で小枝が揺れて、ときおり無気味な音を立てた。

かなたに明かりが浮かんでいた。提灯だ。

源九郎はそこに向かった。

提灯の明かりに近づくと、いつの間にか、黒い影に取り囲まれていた。それぞれ武器を手にしていた。

さす股や突棒《つくぼう》、六尺棒などの捕物道具だ。これらを駆使し、源九郎の自由を奪おうというのか。

「流源九郎、よく来た」

宗匠頭巾に白い顎鬚を生やした藤十郎の顔が提灯の明かりに浮かび上がった。

「おくにはどこだ？」

源九郎はきく。

「あそこだ」

左手から新たな提灯の明かり。おくにが立っていた。

「約束どおり、ひとりでやってきた。おくにさんを放してもらおう」

「なぜだ？」

藤十郎が不思議そうにきいた。

「なぜ？」

源九郎はきき返す。

「わしの言うことを信じたのか。役目に失敗したことを理由に、我らが本気でこの女を殺すと思ったのか。いや、罠だと悟ったはず」

藤十郎はさらに、

「それに、この女は我らの仲間。そなたが助けなければならぬ謂われはない」

と、迫るような勢いできいた。

「いや、拙者はおくにさんの用心棒だ。おくにさんがそなたたちの仲間なのかどうか、はっきりしないうちはおくにさんを守る。罠かもしれないと思っても、その思いに揺るぎはない」

源九郎は言い、おくにに向かって声をかけた。

「おくにさん、怪我はないか」

しかし、おくにには数歩近付き、

「なぜ、ですか」

と、同じことをきいた。

「私が女中頭のおくにを騙っていると、わかったのではありませんか」

「だが、そなたに確かめたわけでない。そなたの身に危険が迫っているのを黙って見捨てておけようか」

源九郎は言う。

「私は流さんを騙していました」

「うむ」

「怒らないのですか」

意外そうに、おくにはきいた。

「今は、おくにどのの身を守ることが拙者の役目」

「私はおくにではありません。みさきと申します」

「みさきどのか」

源九郎は頷き、

「これで、おくにどのの用心棒は終わりということになるな」

と、確かめる。

「はい」

みさきも源九郎との約束が終わったことを認めた。

「流源九郎」

藤十郎が呼んだ。

「ここで死んでもらう」

その言葉が合図になり、一味の者がさす股、突棒、六尺棒などを武器に、源九郎をとり囲んだ。

源九郎は剣を抜いた。

さす股が顔を目掛けて飛んできた。それを剣で弾く。すぐに突棒が脇腹を襲った。身を翻して避けたが、すかさず六尺棒が頭上に迫った。

それを逃れたとき、さす股が源九郎の足を狙ってきた。飛び退《の》いて避ける。さらに突棒の攻撃が続く。源九郎は突棒を弾いたが、不覚にもよろけた。

「今ぞ、みさき。やれ」

藤十郎が叫んだ。

みさきは素早く吹矢を取り出して構えた。

風を切って、矢が源九郎を目掛けて飛んできた。が、矢は顔面すれすれに飛んでいった。続けざまに飛んできた矢は源九郎の体を掠《かす》めていった。

「みさき」

藤十郎が語気を荒らげた。

「なぜだ、なぜ、外す？」

「出来ません。私の身を最後まで守ろうとしたお方に……出来ません」

みさきの叫びに一味に動揺が走った。

源九郎は捕物道具の攻撃を蹴散らした。

「みさきどの、達者で」

源九郎はみさきに声をかけるや踵を返し、三十間川のほうに駆けた。

「追え」

藤十郎が叫ぶ。

源九郎は三十間川に辿り着くと、辺りを見回し、さらに川沿いを駆けた。

「ここです」

多助が竿を握って待っていた。源九郎は船に向かって跳躍した。

着地すると、船は大きく揺れたが、多助は何ごともなく竿を使って船を出した。

「多助、ごくろうだった」

「へい」

源九郎は船尾近くに立ち、途中まで追いかけてきた葛城の藤太一味の者に目をやった。

宗匠頭巾に白い顎鬚を生やした藤十郎の顔を月影が射した。

その横に、みさきが立っていた。吹矢を構えた。

かなり距離があるにも拘《かかわ》らず、矢は飛んできて源九郎の足元の船板に突き刺さった。

源九郎は矢を抜いた。

毒は塗られていなかった。さっきの攻撃のときも毒矢ではなかった。源九郎を殺すつもりはなかったことを改めて伝えたかったのだろう。

しかし、葛城の藤太一味はこれから美穂藩江間家に何かをしかけてくるに違いない。

そのとき、おくにことみさきと改めて対峙することになるのか。

三十間川はやがて仙台堀となり、船は仙台堀から大川に出た。

冷たい川風が心地好いのは、結果はどうあれ、敵陣に乗り込み、おくにを助けることが出来たという満足感からだ。

船は新大橋、両国橋とくぐり、神田川に入っていった。

ふつか後の夕方、『呑兵衛』の口開け早々の最初の客は源九郎だった。

まだ誰もいない小上がりの隅に落ち着くと、小女のお玉が酒とつまみの板わさを運んできた。

「すまない」

源九郎はお玉に言い、ちびりちびりと酒を呑みだした。

戸が開いて、客が入ってきた。

まっすぐ、源九郎のところにやってきた。岡っ引きの市兵衛だった。

「流さま。やはりここでしたか」

市兵衛は目の前に腰を下ろした。

「何かあったのか」

源九郎はきいた。

「『志摩屋』の竹次郎がすべて自供しましたので、その報告をと思いまして」

「そうか。それはわざわざ」

「やはり、竹次郎は押込みに見せ掛けて兄の松太郎を殺し、『志摩屋』を乗っ取ろうとしたのです。自分は『福島屋』という小さな店に養子に出されたことで、『志摩屋』を継いだ兄を憎んでいたそうです。『福島屋』の商売もおもわしくなくて、『志摩屋』乗っ取りを企てたのです」

市兵衛は説明する。

「『福島屋』を辞めさせた栄助を、番頭の時之助が料理屋『柳家』に誘い、そこで計画を打ち明け、仲間に引き入れたということです」

想像通りだと思いながら、源九郎は聞いていた。

「『志摩屋』に押し込んだのは、竹次郎、時之助、栄助と『福島屋』の番頭、さらに栄助が連れてきた盛り場の仲間。主人夫婦を殺したのは竹次郎、番頭を殺したのは時之助ということです」

市兵衛は押込みの経緯を語り、

「押込みのあと、竹次郎は兄松太郎の子どもの後見人として何食わぬ顔で乗り込み、『志摩屋』の主人に納まった。番頭の時之助は『福島屋』の主人になり、栄助たちには『志摩屋』の蔵から盗んだ一千両から分け前を与えた」

「とんでもない奴らだ」

源九郎は気分が悪くなった。

市兵衛はさらに続ける。

「栄助は分け前の金で『柳家』の女中おまさの借金を肩代わりすることで自分の嫁にし、神田相生町で『紅屋』という小間物屋の店を持ったのです。ところが、商売がうまくいかず、栄助は『志摩屋』の主人に納まった竹次郎に金を無心した。金を出さなければ、なにもかもばらすという脅しです」

市兵衛は間をとり、

「竹次郎はこのままではこの先何度でも金をせびりにくる。栄助を生かしておくことは危険だと考え、『福島屋』の番頭が『紅屋』に顔を出して栄助を新シ橋まで呼出し、待ち構えていた時之助が栄助の油断をついて匕首を……」

「愚かな者たちだ」

源九郎は苦い酒を呑み干すと、

「これから『志摩屋』はどうなるのだ？」

と、きいた。

「このような不祥事を出した『志摩屋』に客は寄りつかなくなるかもしれないと心配していましたが、親戚の者が松太郎の子どもの後見人になって一からやり直すそうです。それには松太郎の代に『志摩屋』に奉公していた者や出入りをしていた商人を呼び戻すことからはじめるということです」

「なるほど」

源九郎は手酌で酒を呑んだ。

「富蔵親分も手柄を立てられて喜んでいました。流さまにくれぐれもよろしくと」

「私は何もしちゃいないが」

気がつくと、店は混みはじめていた。

「じゃあ。あっしはこれで」

市兵衛が引き上げて行った。


長屋に帰ると、天窓から射し込む月明かりに上がり框に座っている男の姿が浮かび上がっていた。

五郎丸だ。

「何かの騒ぎに巻き込まれたそうですね。手を貸したいと思ったのですが、へたにしゃしゃり出て流さんの素姓がばれてしまうきっかけになってはいけないと思い、傍観しているしかありませんでした」

五郎丸が弁明した。

「それでいい」

源九郎は言ってから、

「巻き込まれたのではなかった。敵の狙いは俺だった」

と、打ち明けた。

「えっ？」

「敵は葛城の藤太一味だ」

「なぜ、葛城の藤太が……」

五郎丸は不審そうにきく。

「江間家を貶めようと老中の出羽守は葛城の藤太一味を使い、卑劣な策略をめぐらせた。それに立ち向かい、俺は江間家の危機を救った。このことで、藤太一味は俺が江間家に関わりがあると睨んだようだ」

「ひょっとして、流さんの素姓を？」

「松沼平八郎ではないかと疑っている。しかし、確信を持っているわけではない」

「それで、流さんを殺そうと？」

「そうだ。つまり、出羽守は改めて江間家に何かを仕掛けてくるつもりに違いない。そのときに再び立ち塞がるかもしれない俺を始末しておこうとしたのだろう」

「…………」

「高見さまに、気をつけるように伝えてくれ」

江間家藩主伊勢守宗近の近習番である高見尚吾に伝言を頼んだ。

「わかりました。十分に注意をするようにお話ししておきます」

五郎丸は応じた。

「では、私は」

五郎丸は立ち上がったが、まだ何か言いたそうにぐずぐずしていた。

「どうした？」

源九郎は訝ってきいた。

少し迷っていたようだが、五郎丸は、

「いえ、なんでも。失礼します」

と言い、戸口に向かった。

多岐のことではと、源九郎は気になった。以前、五郎丸は妻女どのの様子を見てまいりましょうと言った。だが、源九郎は断った。知れば未練が募るだけだ。多岐のことで何かわかったとしても俺には言わなくていいと、五郎丸に告げていた。

源九郎は五郎丸を呼び止めようと口を開きかけたが、すでに戸を開けて外に出ていた。

多岐に何かあったのか。それとも、多岐の実家である小井戸道場にか。

まだ、過去を捨てきれていない自分に、源九郎は忸怩《じくじ》たる思いに駆られていた。

この作品は「文春文庫」のために書き下ろされたものです。

DTP制作　エヴリ・シンク

本書の無断複写は著作権法上での例外を除き禁じられています。
また、私的使用以外のいかなる電子的複製行為も一切認められておりません。

文春文庫

北風《きたかぜ》の用心棒《ようじんぼう》

素浪人《すろうにん》始末記《しまつき》（三）

定価はカバーに表示してあります

2025年2月10日　第1刷

著　者　小杉健治《こすぎけんじ》

発行者　大沼貴之
発行所　株式会社 文藝春秋

東京都千代田区紀尾井町 3-23　〒102-8008
TEL　03・3265・1211(代)
文藝春秋ホームページ　https://www.bunshun.co.jp

落丁、乱丁本は、お手数ですが小社製作部宛お送り下さい。送料小社負担でお取替致します。

印刷製本・TOPPANクロレ
Printed in Japan
ISBN978-4-16-792333-4

（　）内は解説者。品切の節はご容赦下さい。

川越宗一
熱源
日本人にされそうになったアイヌと、ロシア人にされそうになったポーランド人。文明を押し付けられた二人が、守り継ぎたいものとは？　第一六二回直木賞受賞作。（中島京子）
か-80-2

北原亞以子
恋忘れ草
手習い師匠の萩乃は、家主から気の進まない縁談を持ち込まれるが……。江戸の町で恋と仕事に生きた六人の女たちの哀歓をあたたかく描き、第109回直木賞を受賞した連作短篇集。
き-16-12

北原亞以子
あんちゃん
夢と野心をもって江戸に出てきた男。数年後に商人として成功するが、兄との再会で大切なものを失ったことに気づき……現代人の心を動かす、珠玉の七編を収録した時代小説集。
き-16-13

木内　昇《のぼり》
茗荷谷の猫
茗荷谷の家で絵を描きあぐねる主婦。染井吉野を造った植木職人。画期的な黒焼を生み出さんとする若者。幕末から昭和にかけ各々の生を燃焼させた人々の痕跡を掬う名篇9作。（春日武彦）
き-33-1

木下昌輝
宇喜多の捨て嫁
戦国時代末期の備前国で宇喜多直家は、権謀術策を縦横無尽に駆使し、下克上の名をほしいままに成り上がっていった。腐臭漂う、希に見る傑作ピカレスク歴史小説遂に見参！
き-44-1

小杉健治
助太刀のあと
素浪人始末記（一）
松沼平八郎は義弟から岳父の仇討ちの助太刀を頼まれる。本懐を遂げ、武士として名をあげた平八郎を試練が待ち受ける。三大仇討ちの「鍵屋の辻の決闘」をモデルに展開する新シリーズ。
こ-15-3

小杉健治
情死の罠
素浪人始末記（二）
藩の密偵として素浪人に姿を変え、市井に潜む流源九郎。そんなある日、情死と思われる男女の遺体が発見される。二人の死の裏にうごめく陰謀を暴くため、源九郎が江戸の町を走る！
こ-15-4

（　）内は解説者。品切の節はご容赦下さい。

堺屋太一
豊臣秀長
ある補佐役の生涯（上下）

豊臣秀吉の弟秀長は常に脇役に徹したまれにみる有能な補佐役であった。激動の戦国時代にあって天下人にのし上がる秀吉を支えた男の生涯を描いた異色の歴史長篇。（小林陽太郎）

さ-1-14

坂井希久子
江戸彩り見立て帖
色にいでにけり

鋭い色彩感覚を持つ貧乏長屋のお彩。その才能に目をつけた右近。強引な右近の頼みで、お彩は次々と難題を色で解決していく。江戸のカラーコーディネーターの活躍を描く新シリーズ。

さ-59-3

坂井希久子
江戸彩り見立て帖
朱に交われば

江戸のカラーコーディネーターが「色」で難問に挑む。大好評の文庫オリジナル新シリーズ、待望の第2弾。天性の色彩感覚を持つお彩の活躍、そして右近の隠された素顔も明らかに……。

さ-59-4

坂井希久子
江戸彩り見立て帖
粋な色　野暮な色

天性の色彩感覚を持つお彩と京男・右近のバディも絶好調！ご近所のお伊勢に対照的な二人の婿候補が登場。小粋な弥助と、野暮な浅葱色が好きな文次郎。果たしてお伊勢が選ぶのは？

さ-59-5

佐伯泰英
神隠し
新・酔いどれ小籐次（一）

背は低く額は禿げ上がり、もくず蟹のような顔の老侍で、無類の大酒飲み。だがひとたび剣を抜けば来島水軍流の達人である赤目小籐次が、次々と難敵を打ち破る痛快シリーズ第一弾！

さ-63-1

佐伯泰英
御鑓《おやり》拝借《はいしやく》
酔いどれ小籐次（一）決定版

森藩への奉公を解かれ、浪々の身となった赤目小籐次、四十九歳。胸に秘する決意、それは旧主・久留島通嘉の受けた恥辱をすすぐこと。仇は大名四藩。小籐次独りの闘いが幕を開ける！

さ-63-51

佐伯泰英
陽炎ノ辻
居眠り磐音（一）決定版

豊後関前藩の若き武士三人が、帰着したその日に、互いを斬る窮地に陥る。友を討った哀しみを胸に江戸での浪人暮らしを始めた坂崎磐音は、ある巨大な陰謀に巻き込まれ……。

さ-63-101

（　）内は解説者。品切の節はご容赦下さい。

生か死か
火盗改しノ字組（三）
坂岡　真
「しノ字組」は極悪非道の凶賊「葵蜥蜴」を追うが尻尾すら摑めない。運四郎は一味の疑いがある口入屋に潜入するが、正体がばれ絶体絶命の危機に！　風雲急を告げるシリーズ第三弾。
さ-71-3

将軍の子
佐藤巖太郎
江戸城の外で育った「将軍の子」、のちの初代会津藩主・保科正之は、いかにして稀代の名君と呼ばれるようになったのか。数奇な運命と清廉な生き方を描く傑作連作短編集。（本郷和人）
さ-74-2

へぼ侍
坂上　泉
明治維新で没落した家を再興すべく西南戦争へ参加した錬一郎。しかし、彼を待っていたのは、一癖も二癖もある厄介者ばかりの部隊だった――。松本清張賞受賞作。（末國善己）
さ-75-1

わかれ縁
狸穴屋お始末日記
西條奈加
定職にもつかず浮気と借金を繰り返す亭主から逃げた女房は、江戸の離縁請負人のもとで働くことに。一筋縄ではいかない依頼を解決しながら、自らの離縁を目指すが――？（大矢博子）
さ-77-1

竜馬がゆく
（全八冊）
司馬遼太郎
土佐の郷士の次男坊に生まれながら、ついには維新回天の立役者となった坂本竜馬の奇跡の生涯を、激動期に生きた多数の青春群像とともに大きなスケールで描く永遠の傑作青春小説。
し-1-67

坂の上の雲
（全八冊）
司馬遼太郎
松山出身の歌人正岡子規と軍人の秋山好古・真之兄弟の三人を中心に、維新を経て懸命に近代国家を目指し、日露戦争の勝利に至る勃興期の明治をあざやかに描く大河小説。（島田謹二）
し-1-76

翔ぶが如く
（全十冊）
司馬遼太郎
明治新政府にはその発足時からさまざまな危機が内在外在していた。征韓論から西南戦争に至るまでの日本の近代をダイナミックかつ劇的にとらえた大長篇小説。（平川祐弘・関川夏央）
し-1-94

（　）内は解説者。品切の節はご容赦下さい。

高殿　円
剣と紅
戦国の女領主・井伊直虎
徳川四天王・井伊直政の養母にして、遠州錯乱の時代に一命を賭して井伊家を守り抜いた傑女。二〇一七年NHK大河ドラマにもなった井伊直虎の、比類なき激動の人生！　（末國善己）
た-95-1

高殿　円
主君
井伊の赤鬼・直政伝
お前の〝主君〟はだれだ？　井伊家再興の星として出世階段を駆け上る井伊直政。命知らずの直政に振り回されながら傍で見守り続けた木俣守勝の目からその生涯を描く。　（小林直己）
た-95-2

田牧大和
甘いもんでもおひとつ
藍千堂菓子噺
菓子職人の兄・晴太郎と商才に長けた弟・幸次郎。次々と降りかかる難問奇問に、知恵と工夫と駆け引きで和菓子屋を切り盛りする。和菓子を通じて、江戸の四季と人情を描く。　（大矢博子）
た-98-1

田牧大和
晴れの日には
藍千堂菓子噺
菓子バカの晴太郎が恋をした!?　ところが惚れた相手の元夫は、奉行所を牛耳る大悪党。前途多難な恋の行方に不穏な影が忍び寄る。著者オリジナルの和菓子にもほっこり。　（姜　尚美）
た-98-2

田牧大和
子ごころ親ごころ
藍千堂菓子噺
さちの友だち・おとみは、再嫁した母親の嫁ぎ先が生さぬ仲の娘を嫌ったため、伯父夫婦に引き取られることになる。馴染み始めた矢先に事件がおこり、おとみは藍千堂へ逃げ込んだ!?
た-98-5

千野隆司
朝比奈凜之助捕物暦
南町奉行所定町廻り同心・朝比奈凜之助。剣の腕は立つが、どこか頼りない若者に与えられた殺しの探索。幼い子を残し賊に殺された男の無念を晴らせ！　新シリーズ、第一弾。
ち-10-6

千野隆司
朝比奈凜之助捕物暦
駆け落ち無情
若い男女の駆け落ち、強盗事件、付火と焼死体。同日に起こった三つの難事件はやがて複雑な繋がりをみせて……。新米同心・凜之助が辿り着く悲しき事件の真相は？　シリーズ第二弾。
ち-10-7

（　）内は解説者。品切の節はご容赦下さい。

千野隆司
朝比奈凜之助捕物暦　死人の口
ある事件で兄を亡くした朝比奈凜之助。背後には材木納入を巡る不正の影が。事件の真相を追っていた父が突然の隠居、家督を継いだ新米同心の成長と活躍を描く人気シリーズ第三弾。

ち-10-8

千葉ともこ
震雷の人
「言葉で世を動かしたい」。その一心で文官を目指す名家の青年と、理不尽な理由で世間から除け者にされてきた兄妹が〈安史の乱〉と対峙する。第27回松本清張賞受賞作。（三田主水）
ち-12-1

恒川光太郎
金色機械
時は江戸。謎の存在「金色様」をめぐって禍事が連鎖する――。人間の善悪を問うた前代未聞のネオ江戸ファンタジー。第67回日本推理作家協会賞受賞作。（東　えりか）
つ-23-1

永井路子
流星　お市の方（上下）
生き抜くためには親子兄弟でさえ争わねばならなかった戦国の世。天下を狙う兄・信長と最愛の夫・浅井長政との日々加速する抗争のはざまに立ち、お市の方は激しく厳しい運命を生きた。

な-2-43

永井路子
炎環
辺境であった東国にひとつの灯がともった。源頼朝の挙兵、それはまたたくまに関東の野をおおい、鎌倉幕府が成立した。武士たちの情熱と野望を描く、直木賞受賞の名作。（進藤純孝）
な-2-50

永井路子
山霧　毛利元就の妻（上下）
中国地方の大内、尼子といった大勢力のはざまで苦闘する元就の許に、鬼吉川の娘が輿入れしてきた。明るい妻に励まされながら戦国乱世を生き抜く武将を描く歴史長編。（清原康正）
な-2-52

永井路子
北条政子
伊豆の豪族北条時政の娘・政子は流人源頼朝に恋をする。源平の合戦、鎌倉幕府成立。御台所となり実子・頼家や実朝、北条一族、有力御家人の間で乱世を生きた女を描く歴史長編。（大矢博子）
な-2-55

（　）内は解説者。品切の節はご容赦下さい。

中村彰彦
名君の碑
保科正之の生涯

二代将軍秀忠の庶子として非運の生を受けながら、足るを知り、傲ることなく、兄である三代将軍家光を陰に陽に支え続け、清らかにこの世に身を処した会津藩主の生涯を描く。（山内昌之）

な-29-5

新田次郎
武田信玄
（全四冊）

父・信虎を追放し、甲斐の国主となった信玄は天下統一を夢みる（風の巻）。信州に出た信玄は上杉謙信と川中島で戦う（林の巻）。長男・義信の離反（火の巻）。上洛の途上に死す（山の巻）。

に-1-30

葉室　麟
銀漢の賦

江戸中期、西国の小藩で同じ道場に通った少年二人。不名誉な死を遂げた父を持つ藩士・源五の友は、名家老に出世していた。彼の窮地を救うために源五は……。松本清張賞受賞作。（島内景二）

は-36-1

葉室　麟
山桜記

命の危険を顧みず、男は妻のため出兵先の朝鮮半島から日本へ還る（「汐の恋文」）。大名の座を捨て、男は妻と添い遂げた（「花の陰」）。戦国時代の秘められた情愛を描く珠玉の短編集。（澤田瞳子）

は-36-7

畠中《はたけなか》　恵
まんまこと

江戸は神田、玄関で揉め事の裁定をする町名主の跡取・麻之助。このお気楽ものが、支配町から上がってくる難問奇問に幼馴染の色男・清十郎、堅物・吉五郎と取り組むのだが……。（吉田伸子）

は-37-1

畠中　恵
こいしり

町名主名代ぶりは板についてきたものの、淡い想いの行方は皆目見当がつかない麻之助。両国の危ないお二イさんたちも活躍する、大好評「まんまこと」シリーズ第二弾。（細谷正充）

は-37-2

畠中　恵
こいわすれ

麻之助もついに人の親に?!　江戸町名主の跡取り息子高橋麻之助が、幼なじみの色男・清十郎、堅物・吉五郎とともに様々な謎と揉め事に立ち向かう好評シリーズ第三弾。（小谷真理）

は-37-3

（　）内は解説者。品切の節はご容赦下さい。

畠中　恵
わが殿　（上下）
「殿、また借金をしたのですか!?」大野藩主・土井利忠にほれ込んだ内山七郎右衛門は、財政を立て直すべく無理難題を引き受ける。新時代を生き抜くヒント満載の痛快歴史小説！（細谷正充）
は-37-30

平岩弓枝
御宿かわせみ
「初春の客」「花冷え」「卯の花匂う」「秋の蛍」「倉の中」「師走の客」「江戸は雪」「玉屋の紅」の全八篇を収録。江戸大川端の小さな旅籠「かわせみ」を舞台とした人情捕物帳シリーズ第一弾。
ひ-1-201

平岩弓枝
新・御宿かわせみ
時は移り明治の初年。幕末の混乱は「かわせみ」にも降り懸かる。次代を背負う若者たちは悲しみを胸に抱えながらも、激動の時代を確かに歩み出す。大河小説第二部、堂々のスタート。
ひ-1-235

火坂雅志
天地人　（上下）
主君・上杉景勝とともに、信長、秀吉、家康の世を泳ぎ抜いた名宰相直江兼続。"義"を貫いた清々しく鮮烈なる生涯を活写する長篇歴史小説。NHK大河ドラマの原作。（縄田一男）
ひ-15-6

火坂雅志
真田三代　（上下）
山間部の小土豪であった真田氏は幸村の代に及び「日本一の兵《つわもの》」と称されるに至る。知恵と情報戦で大勢力に伍した、地方の、小さきものの誇りをかけた闘いの物語。（末國善己）
ひ-15-11

火坂雅志
天下《てんが》　家康伝　（上下）
惜しまれつつ急逝した著者最後の文庫本。信長のアイデアも、秀吉の魅力もない家康が、何故天下人という頂に辿り着けたのか、その謎に挑んだ意欲作！（島内景二）
ひ-15-14

百田尚樹
幻庵《げんなん》　（全三冊）
「史上最強の名人になる」囲碁に大望を抱いた服部立徹、幼名・吉之助は、後に「幻庵」と呼ばれ、囲碁史にその名を刻む風雲児だった。天才たちの熱き激闘の幕が上がる！（趙　治勲）
ひ-30-1

（　）内は解説者。品切の節はご容赦下さい。

藤沢周平
隠し剣孤影抄
剣客小説に新境地を開いた名品集〝隠し剣〟シリーズ。剣鬼と化し破牢した夫のため捨て身の行動に出る人妻、これに翻弄される男を描く「隠し剣鬼ノ爪」など八篇を収める。（阿部達二）
ふ-1-38

藤沢周平
海鳴り（上下）
心が通わない妻と放蕩息子の間で人生の空しさと焦りを感じる紙屋新兵衛は、薄幸の人妻おこうに想いを寄せ、闇に落ちていく。人生の陰影を描いた世話物の名品。（後藤正治）
ふ-1-57

藤井邦夫
恋女房
新・秋山久蔵御用控（一）
〝剃刀〟の異名を持つ南町奉行所吟味方与力・秋山久蔵が帰ってきた！　嫡男・大助が成長し、新たな手下も加わってスケールアップした、人気シリーズの第二幕が堂々スタート！
ふ-30-36

藤原緋沙子
切り絵図屋清七
ふたり静
絵双紙本屋の「紀の字屋」を主人から譲られた浪人・清七郎は、人助けのために江戸の絵地図を刊行しようと思い立つ。人情味あふれる時代小説書下ろし新シリーズ誕生！（縄田一男）
ふ-31-1

藤原緋沙子
岡っ引黒駒吉蔵《くろこまのきちぞう》
甲州出身、馬を自在に操る吉蔵が、江戸で岡っ引になり大活躍。ある日町を暴走する馬に飛び乗り、惨事を防ぐ。怪我人がいないか調べるうち、板前の仙太郎と出会うが……。新シリーズ！
ふ-31-7

藤原緋沙子
花鳥
生類憐れみの令により、傷ついた小鳥を助けられず途方に暮れていた少女を救ったのは後の六代将軍家宣だった。七代将軍家継の生母となる月光院の人生を清冽に描く長篇。（菊池　仁）
ふ-31-30

万城目　学
とっぴんぱらりの風太郎（上下）
関ヶ原から十二年。伊賀を追われ京で自堕落な日々を送る〝ニート忍者〟風太郎。行く末は、なぜか育てる羽目になった「ひょうたん」のみぞ知る。初の時代小説、万城目ワールド全開！
ま-24-5

文春文庫　最新刊

夜に星を放つ　窪美澄
コロナ禍の揺らぎが輝きを放つ直木賞受賞の美しい短篇集

巡り合い　仕立屋お竜　岡本さとる
武芸の道に生きる男と女を待ち受ける、過酷な運命とは

死神の精度〈新装版〉　伊坂幸太郎
真面目でちょっとズレた死神が出会う6つの人生とは

幽霊認証局　赤川次郎
不穏な空気の町に新たな悲劇が！　幽霊シリーズ第29弾

タイムマシンに乗れないぼくたち　寺地はるな
一風変わった人々の愉快な日々が元気をくれる珠玉の7篇

おでかけ料理人　おいしいもので心をひらく　中島久枝
ほっこり出張料理が心をほぐし、人を繋ぐ。大好評第3弾

北風の用心棒　素浪人始末記㈢　小杉健治
源九郎は復讐を誓う女に用心棒を頼まれ…シリーズ第3弾

干し芋の丸かじり　東海林さだお
おっさん系スイーツ「干し芋」よ、よくぞ生き延びた！

心はどこへ消えた？　東畑開人
心が蔑ろにされる時代に、心を取り戻すための小さな物語

サラリーマン球団社長　清武英利
サラリーマンの頑固な情熱が、プロ野球に変革を起こす

自選作品集　**わたしの人形は良い人形**　山岸凉子
少女漫画界のレジェンドによる王道のホラー傑作作品集